KB150634

http://www.bbulmedia.com

GREAT

그레이트 코리아

KOREA

11

정사부 현대 판타지 소설

뿔미디어

contents

1. 쿠웨이트 왕족 구출하기 ‥7

2. 탈출 ‥41

3. 신형 파워 슈트의 실전 테스트 ‥77

4. 반격의 준비 ‥111

5. 포위망을 벗어나다 ‥145

6. 쿠웨이트 해방을 위한 회의 ‥185

7. 신무기의 향연 ‥221

8. 쿠웨이트 해방 ‥255

9. 지킴이의 새로운 계약 ‥285

1.
쿠웨이트 왕족 구출하기

투타타타! 투타타타!

여덟 대의 헬리콥터가 페르시아만을 날고 있었다.

그들의 정체는 바로 대한민국 제1기동 전단에서 출발한 대잠 헬리콥터로, 기함인 해모수함에서 날아오른 두 대의 시호크 대잠 헬리콥터와 그것보다 소형인 슈퍼링스 대잠 헬리콥터였다.

바닷속에 숨어 있는 잠수함을 탐지하기 위해 군함에 탑재되어 있는 대잠 헬리콥터인데, 페르시아만에서 작전할 일이 없는 대한민국 해군 소속 헬리콥터들이 이곳에 있는 이유는 단순했다.

바로 지킴이 PMC의 고문이자 실질적 소유주인 수한의 요청 때문이다.

물론 수한이 국가를 위해 많은 일을 이뤄냈다고는 해도 군용 헬리콥터를 마음대로 빌려줄 수는 없는 일이었다.

하지만 그럼에도 지금 이렇게 제1기동 전단의 헬리콥터를 운용하는 것은 청와대로부터 비밀 명령을 들었기 때문이다.

지킴이 PMC로부터 협조 요청이 들어오면 허용 가능한 범위 내에서 판단을 내료 도움을 주라는 것이었다.

지킴이 PMC는 단순 기업으로서가 아니라 국가를 대신해 의뢰를 받아 중동으로 가는 것이기 때문이다.

이미 수한과 지킴이 PMC는 물론이고, 라이프 메디텍 등에서 군과 어떠한 일을 함께하고 있는지는 잘 알려진 사실이었다. 그리고 또 퇴역 군인들을 위해 많은 지원을 하고 있다는 것도.

그런 이유로 강감찬 제독은 물론이고, 해군 제1기동 전단 내의 장병들은 모두 수한과 지킴이 PMC에 호감을 가지고 있었다.

굳이 청와대의 명령이 아니더라도 제1기동 전단 내의 장병들 중에 반발할 사람은 없는 셈이었다.

더군다나 단독 작전권을 가지고 있는 강감찬 제독이니만 큼 수한의 부탁을 들어준다고 하여 문제될 일은 전혀 없었 다.

아무튼 그런 이유로 지금 헬리콥터 조종수들은 지킴이 PMC 직원을 태우고 쿠웨이트로 날아가는 중이었다.

"10분 뒤, 쿠웨이트에 도착합니다."

"알겠습니다."

시호크 1호기 조종수의 말에 수한이 대답했다.

IS의 기갑 부대가 국경을 넘어 쿠웨이트를 침공한 지 한 시간여가 지나가는 시각.

진공 속도로 보아 쿠웨이트 시를 공격한 지는 그리 오래 되지는 않았을 터다.

다만, 아직 현장이 어떤지 보고를 받지 못했기에 조금은 불안했다.

수한은 자신의 옆자리에 있는 리철명을 돌아보며 물었다.

"리 부사장."

"예."

"아직 위성과는 연결되지 않았나?"

"그게…… 아직 연결되지 않았습니다. 아무래도 거리가 있다 보니 주파수가 잘 잡히지 않는 듯합니다."

리철명 부사장의 이야기를 듣고 수한의 미간이 저절로 찌푸려졌다.

마음 같아서는 당장에라도 해모수함과 데이터 링크를 하고 싶지만, 그럴 수는 없었다.

현재 해모수함은 해군의 위성 관제 센터와 링크되어 있는 상태.

그 말인즉, 링크를 하게 되면 해군의 정보가 지킴이 PMC에 흘러 들어오게 된다는 소리였다.

민간 기업인 지킴이 PMC에 정보가 유출되어서는 안 되기 때문에 절대적인 주의가 필요한 일인 것이다.

그래서 수한은 가까운 위성 관제 기지를 두고도 멀리 있는 지킴이 PMC의 본부와 데이터 링크를 하려는 것이다.

위성 정보를 통해 쿠웨이트의 사정을 알아야 보다 편하게 작전을 수행할 수 있기 때문이다.

또한 쿠웨이트 국왕으로부터 사우디의 항구에서 합류하자는 연락이 왔음에도 이렇게 쿠웨이트 시로 날아가는 것에는 다른 이유도 있었다.

바로 이번에 새로 개발된 파워 슈트의 실전 성능 실험 때문이었다.

수한은 라이프 메디텍에서 개발한 파워 슈트(기본형)를

개량하였다.

지킴이 PMC들에게 지급한 파워 슈트는 라이프 메디텍 보안대나 대통령 직속 특무 부대인 SA 부대에 보급한 것과는 달랐다.

특수 기능들을 빼고 몇몇 보편적인 것만 집어넣은, 말하자면 다운그레이드한 슈트였다.

당연히 수한으로서는 기본형 파워 슈트의 성능에 만족하지 못했다.

물론 기본형 파워 슈트가 미국이 개발한 파워 슈트, '스피릿'보다는 뛰어나긴 하지만, 월등하다고 볼 수는 없었다.

아니, 다른 무장들을 추가할 수 있는 스피릿이 어쩌면 광범위 전투에 더 적합했다.

라이프 메디텍에서 개발한 기본형 파워 슈트가 미국의 스피릿보다 더 뛰어난 점은 플라즈마 실드와 인공 근육을 이용한 순간적으로 파워를 늘려주는 기능 정도뿐이었다.

그중 플라즈마 실드도 개인용으로 다운그레이드한 것이라 전차포와 같은 큰 화력을 막을 수는 없었기에 마음에 들지 않기는 마찬가지였다.

하지만 기본형 파워 슈트의 성능은 그것이 한계였다.

그 이상의 성능을 내기 위해선 보다 강력한 파워가 필요한데, 당시에는 강력한 힘을 내기 위한 파워팩 개발이 요원하였다.

그러던 와중에 수한은 다른 것에서 가능성을 보았다.

바로 미국의 스피릿에서 자신이 개발한 파워 슈트의 한계를 넘어설 만한 실마리를 찾은 것이다.

수한은 스피릿이 외부 파워팩을 이용해 부가 장비들을 추가한 것처럼 탈부착이 가능한 외부 파워팩을 채택하여 추가 무장을 하거나 장비에 에너지가 공급되게끔 개량하였다.

그리고 그런 과정을 거쳐 나온 것이 지금 헬리콥터에 탑승하고 있는 이들이 착용한 파워 슈트였다.

수한은 기본형에서 새롭게 개량을 하여 이들 2종의 파워 슈트를 개발하였는데, 그 이름은 '리퍼(Ripper)'와 '스파르탄(Spartan)'이다.

수한이 이렇게 파워 슈트를 2종으로 나눠 개량한 이유는 그 둘이 각기 역할이 다르기 때문이다.

리퍼. 그 단어의 뜻에는 찢는 사람, 세로로 켜는 톱, 몸을 찢듯 자르는 살인광 등이 있다.

무척이나 섬뜩한 뜻을 내포하고 있는데, 수한은 그런 의미만큼이나 위압감을 줄 수 있도록 원거리 저격에 적합한 파워 슈트를 개발하였다.

외부 파워팩과 연동한 무기로서 소형화된 레일건을 한 세트로 만든 것이다.

강력한 무기인 레일건은 그 위력만큼이나 막대한 에너지가 필요하다.

그런 레일건에 필요한 에너지를 공급하는 것이 파워 슈트의 외부에 있는 파워팩이었다.

파워팩에서 발생하는 강력한 전기에너지를 이용해 빠르게 레일건에 에너지를 공급하고, 그것을 바탕으로 원거리에서 적을 저격하는 것이다.

물론 리퍼가 저격을 하는 대상은 사람이 아니다. 30㎜의 탄두를 강력한 자기장으로 발사하는 리퍼의 파괴력은 30㎞ 떨어져 있는 전차도 관통할 수 있을 정도로 강력하다.

리퍼가 강력하면서도 휴대가 용이하며 장거리 저격 무기인 레일건을 사용하는 것을 목적으로 개량된 파워 슈트라면, 스파르탄은 그와 반대로 중장갑에 과무장을 더한 육중한 형태의 파워 슈트였다.

현대전에서 가장 대두되고 있는 것은 바로 시가전이다.

그런데 기존의 무기 체계로 시가전을 벌이기에는 무척이나 애로 사항이 많았다.

그렇다고 도시를 파괴한다면 복구 비용이 훨씬 많이 들어가기에 전쟁으로 얻는 이득이 사라진다.

그래서 각국에서는 시가전을 보다 원활히 수행하기 위해 많은 연구를 하였다.

그 결과로 나온 것이 인간을 보조하는 킬러 로봇이다.

킬러 로봇은 인간을 대신해 복잡한 도시 내에서 전투를 벌이며 군인들을 보조한다.

하지만 킬러 로봇의 결정권에 대한 윤리관이 2000년대 들어 대두되었다.

아군의 불필요한 희생을 막는다는 취지에서 개발된 킬러 로봇이 민간인과 적을 구분하지 못하고 오인 사살을 하는 경우가 종종 발생했기 때문이다.

그런 이유로 많은 과학자들 사이에서 논란이 일면서 킬러 로봇 개발에 영향을 미쳤다.

수한은 이러한 문제를 해결하면서도 복잡한 현대의 도시 내에서 효과적으로 전투를 벌일 수 있는 무기가 무엇일까 고민하던 중 오래전 게임에서 힌트를 얻었다.

아니, 게임 속 아이템을 보며 전생의 기사들의 장비를 떠올렸다는 것이 맞는 표현일 것이다.

파워 슈트 또한 전생의 기사들이 착용하던 매직 아머에서 아이디어를 얻었으니, 어찌 보면 일맥상통하는 점이 있었다.

아무튼 기본 파워 슈트에 장갑과 무장을 강화하다 보니 내장된 에너지만으로는 감당할 수 없게 되었다.

이러한 문제를 해결하기 위해 대두된 것이 바로 외부 파워팩인 것이다.

보다 강력해진 파워팩의 힘으로 추가적인 장갑과 무장이 가능해졌으니 이제 얼마나 효과가 있는지 실험을 해야만 했다.

하지만 한반도가 아무리 넓다 해도 우주 공간에서 내려다보는 인공위성의 감시망에서 벗어날 수는 없다.

더욱이 한반도 상공에는 무수히 많은 인공위성들이 집결해 있는 상황.

통일 대한민국의 힘은 기존의 강대국들의 예상을 넘어섰기에 미국이나 러시아는 물론이고, 중국과 일본도 위성을 배치해 감시하고 있었다.

뿐만 아니라 미국의 동맹인 영국과 프랑스 등도 대한민국을 주시하기는 마찬가지였다.

결국 수한은 그들의 눈을 피해 성능을 시험할 장소가 필요했다.

물론 지하 시설을 건설해 위성의 감시망을 피할 수도 있지만, 그것은 그것대로 문제가 있었다.

그래서 생각해 낸 것이 쿠웨이트와의 거래였다.

쿠웨이트는 자국을 지키기 위해 지킴이 PMC에 의뢰를 하였다.

무려 8천여 명에 달하는 대규모 파견 의뢰인 것이다.

더욱이 기간도 정해지지 않아 사실상 용병 자격으로 쿠웨이트를 지키는 셈이었다.

그것에 대한 유지비는 쿠웨이트가 매년 지불하는 것으로 계약되어 있으며, 필요에 따라 추가 비용을 청구할 수 있었다.

추가 비용은 외국의 군대가 쿠웨이트를 침공했을 때 벌어지는 전투에 대한 교전 비용과 그에 따른 위험수당 및 전투 물자에 대한 비용이다.

아무튼 수한은 쿠웨이트의 의뢰로 개량한 파워 슈트를 시험할 수 있는 최적의 장소를 찾은 셈이었다.

물론 중동에도 외국의 감시위성이 있겠지만, 현재의 한반도 상공만큼은 아니었다.

그렇듯 미래를 내다보며 쿠웨이트를 향하던 수한에게 원하는 시기가 도래하였다.

울고 싶은데 뺨 맞는다는 속담처럼 IS가 국경을 넘어 쿠웨이트를 침공한 것이다.

기회를 파악한 수한은 강감찬 제독에게 부탁하여 리퍼와 스파르탄을 제1기동 전단의 대잠 헬리콥터에 싣고 곧장 쿠웨이트로 향했다.

물론 쿠웨이트에 파견되는 지킴이 PMC 중에 리퍼와 스파르탄을 지급 받은 직원은 많지 않았다.

아직 시제기인데다 많은 수량을 양산한 것은 아니기 때문이었다.

하지만 그럼에도 기대가 되는 것은 분명한 일이었다.

IS와 전투를 치르며 문제점을 발견, 개량하게 되면 보다 완벽한 제품을 양산할 수 있는 것이다.

그렇게 된다면 대한민국 군대는 한층 더 전력을 강화할 수 있게 될 것이 분명했다.

리퍼와 스파르탄의 개발 동기가 청와대의 의뢰였기 때문이다.

SA 부대가 파워 슈트로 인해 보다 강력한 무력을 가지게 되자 윤재인 대통령은 대한민국 특전사에도 파워 슈트를 보급하기를 원했다.

하지만 그 시도는 중도에 멈춰지고 말았다.

파워 슈트의 엄청난 제작 비용 때문이었다.

그렇다고 지킴이 PMC들에게 지급되는 기본형을 보급하기에는 윤재인 대통령이나 비서실장을 비롯한 NSC 위원들의 눈이 너무 높아져 버렸다.

SA 부대원들이 착용한 파워 슈트의 성능을 눈으로 확인한 이들에게 기본형 파워 슈트는 정말이지 맘에 안 들었다.

전문가가 아니라도 확연히 차이가 날 정도였다.

수한도 보안대에 지급한 파워 슈트가 있음에도 지킴이 PMC에 기본형을 지급한 데는 다 이유가 있었다.

물론 기본형 파워 슈트도 결코 싼 가격은 아니다. 한 대당 12억이란 제작 비용이 들어가는 물건인 것이다.

그런데 오리지널 파워 슈트는 그것의 80배에 달하는 금액을 필요로 했다.

물론 그것은 제작비용에 한해서일 뿐, 만약 판매를 한다면 가격은 더욱 올라갈 것이다.

수한이 리철명에게 북한 특수부대 출신들을 가려서 모집하게 한 것도 사실 이런 이유 때문에서였다.

20만이나 되는 구 북한 특수부대원을 모두 수용한다는 것은 애당초 무리였다. 또 이들을 한곳에 모으면 정부도 부담을 느낄 수 있기에 우선 1만 명만 모집한 것이다.

아무튼 성능이나 가격 문제로 청와대는 고심을 거듭했다.

비록 오리지널에는 미치지 못하지만 그래도 성능이 비슷한 파워 슈트를 특수부대에 지급하는 것을 목표로 라이프 메디텍에 의뢰한 것이다.

그렇게 청와대의 의뢰와 수한의 개인적인 욕망이 맞물려 개량에 성공한 것이 바로 리퍼와 스파르탄이다.

리퍼와 스파르탄은 개발이 완료되어 실전 테스트만 남은 상황이었다.

만약 이번 쿠웨이트에서의 실전 테스트를 무난히 통과한다면 대한민국 특수부대는 리퍼와 스파르탄으로 새로이 무장할 것이다.

그렇게 되면 핵무기를 제외한 무력으로 대한민국을 어찌할 수 있는 국가는 존재하지 않을 것이 분명했다.

"도착했습니다."

시호크의 조종수가 뒤를 돌아보며 말했다.

쾅! 콰쾅!

아닌 게 아니라 주변에서 화약이 터지는 소리가 정신없이 들려왔다.

수한은 주변의 상황을 살피며 조종수에게 지시를 내렸다.

"왕궁으로."

한창 전투가 벌어지고 있는 쿠웨이트 시내의 아무 곳에나 내렸다가는 자칫 미아가 될 수 있었다.

아직 위성과 데이터 링크가 되지 않은 상태인지라 도시 사정을 알 수 없는 까닭이다.

그런 이유로 수한은 일단 의뢰자인 쿠웨이트 국왕이 있는 왕궁으로 가기로 결정하였다.

현재 여덟 대의 헬리콥터에는 수한을 비롯한 20명의 지킴이 PMC 직원들이 탑승해 있는데, 이들은 1:1 비율로 각각 리퍼와 스파르탄을 착용하고 있었다.

그 때문에 헬리콥터 내부에는 무장이 간소한 리퍼를 착용한 직원이, 그리고 외부에는 무장이 육중한 스파르탄을 착용한 직원들이 매달려 있었다.

◈　　◈　　◈

"뭐라고! 분명 조금 전에 여섯 시간 거리에 있다고 하지 않았나!"

사드 국왕은 눈을 동그랗게 뜨고 자신의 동생이자 국방부 장관인 사메드를 쳐다보았다.

"왕실의 안전을 위해 일부 전력이 먼저 헬리콥터를 타고 왔다고 합니다."

사메드 왕자는 어떻게 된 사정인지 사드 국왕에게 알렸다.

지킴이 PMC들이 도착하기 전에 왕실이 전복될 수도 있는 심각한 위기였다.

쿠웨이트 왕가는 보다 안전한 장소에서 합류하기 위해 지킴이 PMC와 사우디의 담맘 항에서 만나기로 예정을 잡았다.

자칫 지체했다가는 왕실의 사람들이 볼모로 잡힐 수도 있기 때문이었다.

하지만 수한은 사메드 왕자에게 일부 전력을 곧장 쿠웨이트로 보내 왕실을 구출하겠다고 의사를 전달했다.

사메드 왕자로서는 수한의 제안이 그리 나쁘지 않았다. 아니, 마음속으로 그래 주기를 바라는 소망을 가지고 있었지만, 함부로 말을 꺼낼 수가 없었다.

생명의 위협을 감수하면서까지 그런 제의를 받아들이려는 사람은 별로 없기 때문이다.

때문에 자청해서 그렇게 해주겠다는 수한의 말을 굳이 거절할 이유는 없었다. 오히려 감사의 마음이 절로 생길 정도였다.

사드 국왕 역시 그 이야기를 듣고 자신의 생각에 수정을 가할 수밖에 없었다.

한낱 용병이라 여긴 지킴이 PMC로부터 믿음직한 인상을 받은 것이다.

"그래, 곧 도착을 한다는 말이지?"

"예, 곧 도착한다고 했습니다."

사드 국왕과 사메드 왕자가 그렇게 이야기를 주고받을 때, 저 멀리서 헬리콥터 소리가 들려오기 시작했다.

쿠투투투! 쿠투투투!

항구가 있는 쪽에서 날아오는 여러 대의 헬리콥터의 모습을 확인한 사드 국왕과 사메드 왕자는 자신도 모르게 가슴이 북받치는 느낌을 받았다.

"저기 옵니다."

"그래, 나도 봤다. 사메드, 너는 어서 가서 가족들을 이곳으로 모이라 해라."

"예."

사드 국왕은 저들과 함께 빠르게 퇴각하는 것이 모두를 위해 좋다고 생각하고는 지시를 내렸다.

괜히 시간을 끌다가 왕실 가족이나 지킴이 PMC가 왕궁에서 고립될 수도 있기에 사메드 왕자 역시 행동을 서둘렀다.

그사이, 1기동 전단에서 출발했던 대잠 헬리콥터들이 쿠웨이트 왕궁에 도착하였다.

쿠투투투! 투투투투!

헬리콥터가 서서히 착륙하기 전, 레펠을 타고 외부에 매달려 있던 직원들이 한발 앞서 지상으로 뛰어내렸다.

착! 착!

착륙장에 먼저 내려선 스파르탄들이 주변을 경계하며 자세를 잡았다.

한편, 낯선 스파르탄의 외형에 쿠웨이트 왕궁 경비대는 바짝 긴장했다.

미리 연락을 받기는 하였지만, 한 번도 본 적 없는 지킴이 PMC들의 모습에 놀랐기 때문이다.

헬리콥터에서 뛰어내린 스파르탄들의 외형은 언뜻 봐도 위압감이 느껴질 정도였다.

마치 큰 짐을 짊어진 듯한 거인의 모습.

그 모습은 마치 신화에 나오는 헤라클레스나 삼손을 보는 듯하였다.

더욱이 스파르탄들이 손에 들고 있는 무기는 8열의 개틀링 건이었기에 더욱 위협적으로 보였다.

스파르탄들에 이어 헬리콥터가 착륙하자 이번에는 보다

날렵해 보이는 리퍼들이 밖으로 튀어 나왔다.

그런 리퍼들의 모습도 스파르탄 못지않게 무척이나 위협적으로 느껴졌다.

은회색으로 도색된 리퍼의 외형은 빛을 받아 반짝였는데, 따뜻하다는 느낌보다는 금속의 차가움이 더욱 강하게 느껴졌다.

리퍼들이 들고 있는 레일건의 모습도 참으로 특이했다.

2m 정도의 크기에 개머리판에서 몸통까지의 70㎝ 정도를 제외하고 총열이 양 갈래로 갈라져 있는 모습은 마치 특이한 모양의 창을 연상시켰다.

차가운 메탈의 느낌을 주는 리퍼가 이상한 모양의 창, 레일건을 들고 있는 모습은 이색적이었다.

"안녕하십니까, 저는 지킴이 PMC의 부사장 리철명이라고 합니다."

리철명은 쿠웨이트 국왕의 앞에 나가 자신을 소개하였다.

현재 대외적으로 지킴이 PMC를 인솔하는 책임자는 그였기에 수한 대신 리철명이 앞으로 나서서 인사한 것이다.

리철명은 아랍어를 알지 못하기에 영어로 자신을 소개하였다.

다행히 쿠웨이트의 사드 국왕도 영어를 할 줄 알기에 의사소통을 하는 데는 무리가 없었다.

"어서 오시오. 위험한 이곳까지 와주어서 고맙소."

사드 국왕은 진심을 담아 지킴이 PMC가 와준 것에 감사를 전했다.

그건 비단 그뿐만이 아니라 뒤에 서 있는 왕실 가족 모두 마찬가지의 심정이었다.

아무리 의뢰라 하더라도 위험이 가득한 이곳으로 직접 온다는 게 결코 쉬운 일이 아님을 잘 알고 있기 때문이다.

"아닙니다. 의뢰인이 위급한 지경에 처했으니 저희는 당연히 달려와야 합니다."

리철명은 단호하게 대답을 하며 뒤를 돌아 손짓하였다.

그의 손짓에 지킴이 PMC들이 일제히 움직이며 저마다 자리를 잡았다.

이들을 실어다 준 헬리콥터는 대한민국 정부의 재산이기 때문에 임무를 마치자 다시 해모수함으로 돌아갔다.

쿠웨이트 왕실 가족을 안전지대로 피난을 시키는 것은 이제 전적으로 지킴이 PMC들의 몫이었다.

수한은 지킴이 PMC 대원들과 리철명의 모습을 말없이 지켜보았다.

"부사장님, 적들이 이쪽으로 몰려오고 있습니다!"

상공에 드론을 띄우고 주변을 감시하던 직원이 리철명을 부르며 적이 다가오고 있음을 알렸다.

"알았다. 스파르탄이 전면과 후면을 맡는다. 리퍼는 원거리 지원을 한다."

리철명 부사장은 한국을 떠나오기 전 리퍼와 스파르탄의 용도를 수한에게서 들었기에 적절하게 지시를 내릴 수 있었다.

사드 국왕은 적이 몰려온다는 소리에 잠시 긴장을 했지만, 아무런 동요도 없는 리철명의 모습에 새삼 놀랐다.

고작 20명 남짓한 인원을 데리고 저토록 침착할 수 있다는 것이 쉽게 이해되지 않은 탓이었다.

사드 국왕이 놀라거나 말거나 리철명이 지시를 내리고 전방을 주시하니 바이저에 전방 상황이 보였다.

쿠웨이트 시 상공에 떠 있는 드론이 찍고 있는 화면을 통해 전장의 상황이 일목요연하게 드러났다.

먼저 왕궁으로 들어오는 길목 위로 IS의 전차들이 보이기 시작하였다.

무언가 목적을 띠고 있는 듯, 그들은 교전에 참여하지 않은 채 일직선으로 달리며 왕궁으로 다가오고 있었다.

너무도 명확한 행동.

한마디로 쿠웨이트 왕가를 포획하려는 IS의 특공대가 분명했다.

전차와 BMP로 구성된 IS의 병력이 왕궁으로 다가오는 것을 확인한 리철명은 다시 한 번 새로운 지시를 내렸다.

"리퍼와 스파르탄의 성능 시험을 하겠다. 전방에 다가오는 목표를 제압하라!"

리철명의 명령이 떨어지자 전방을 지키던 리퍼와 스파르탄들이 분주하게 움직였다.

스파르탄은 전방을 향해 뛰어가 요격 자세를 잡았고, 리퍼들은 레일건을 들어 다가오는 목표를 조준하였다.

스파르탄은 장갑이 두터운 전차를, 리퍼들은 전차에 비해 상대적으로 장갑이 가벼운 BMP를 목표로 잡았다.

타깃을 확인한 스파르탄들은 곧 무장하고 있던 휴대용 미사일을 발사하였다.

10기의 스파르탄 중 전투에 참여한 것은 넷으로, 다가오는 IS 전차에 한 발씩, 총 두 차례 미사일을 발사하였다.

다가오던 열두 대의 전차 중 여덟 대가 미사일에 맞아 화려하게 폭발했다.

쾅!

그리고 전차의 뒤를 따르던 네 대의 BMP—2도 리퍼가 발사한 레일건에 맞아 폭발했다.

리퍼는 BMP—2를 처리한 뒤 남은 전차 네 대에도 레일건을 발사하였는데, IS의 전차는 너무도 쉽게 리퍼의 공격에 무력화되었다.

확실히 리퍼의 레일건은 엄청난 위력을 발휘하였는데, 불과 3㎞ 정도에서는 전차라도 레일건의 공격을 감당할 수가 없었다.

사실 리퍼가 들고 있는 레일건의 구경이 작기는 하지만 그 운동에너지는 상당하였다.

비록 함포에서 발사하는 레일건에는 미치지 못하겠지만, 이렇게 가까운 거리에서 리퍼의 레일건 공격을 막을 수 있는 육상 병기는 몇 없었다.

아니, 대한민국 육군의 주력 전차인 K—3 백호만이 유일했다.

백호가 리퍼의 레일건을 막을 수 있는 것도 사실 플라즈마 실드가 있기 때문에 가능한 것이다.

만약 백호에 플라즈마 실드가 없다면 백호도 10㎞ 내에서는 리퍼의 공격을 막을 수 없었을 것이다.

아무튼 왕궁으로 다가오던 IS의 전차 열두 대와 BMP—2 네 대는 아무런 저항도 못하고 파괴되었다.

한편, 이런 리퍼와 스파르탄의 활약에 깜짝 놀라는 사람들이 있었다.

그들은 바로 지킴이 PMC에 의뢰를 한 쿠웨이트 왕실 가족들이었다.

스파르탄과 리퍼의 겉모습이 무척 위압적이긴 해도 전차 열두 대와 장갑차 네 대가 왕궁으로 다가온다고 했을 때 무척이나 걱정이 됐다.

그런데 너무도 간단하게 IS의 전차와 장갑차들을 처리하는 모습에 완전 기가 질리고 말았다.

'대단하구나!'

특히 사드 국왕의 표정은 압권이었다.

소문으로만 듣다가 직접 눈으로 확인한 지킴이 PMC의 화력은 그야말로 엄청났다.

결론적으로 그는 처음 지킴이 PMC에 의뢰했을 때의 생각을 완전히 고쳐먹었다.

중동의 석유 부자들이 그렇듯 사드 국왕도 처음 의뢰할 때, 무척이나 권위적으로 행동을 했다.

한국은 전통적으로 산유국들을 상대할 때면 무척이나 저자세로 임했기에 더욱 그랬다.

물론 통일과 함께 대한민국도 산유국이 되면서 그런 모습은 사라졌지만, 중동 국가 국왕들의 인식은 크게 바뀌지 않은 상태였다.

오래전 외화를 벌기 위해 중동으로 건너온 한국 노동자들이 고생하던 기억이 생생하기에 은연중 그런 인식이 남아 있던 것이다.

하지만 사드 국왕은 눈앞에서 벌어진 전투만으로 대한민국을 다시 보게 되었다.

스파르탄과 리퍼의 활약상은 강대국 어디라도 쉽게 보여줄 수 있는 수준이 아니었다. 아직 전 세계에 위명을 떨치지는 않지만, 그리 오래지 않아 강대국의 면모를 드러낼 게 분명할 것이다.

그런 생각과 함께 사드 국왕은 지킴이 PMC를 일개 용병 집단이 아닌, 국가수반에 준하는 대우를 해줘야겠다고 마음먹었다.

군사력이 약한 자신들에게 든든한 힘이 되어줄 존재로서 인식했기에 망설임은 없었다..

아닌 게 아니라, 사실 전통적으로 우방이었던 미국은 언

했다.

"지금 당장 포스리콘을 투입하여 쿠웨이트 왕족들을 구출하겠습니다."

참모 중 한 사람인 헌터 더글라스 준장이 대답을 하였다.

포스리콘은 미국 특수부대 중에서도 아주 특별한 존재다.

전원이 정예 해병들 중에서 선발된 그들은 해병 중의 해병이라 불리며 미국 특수작전 사령부의 명령도 받지 않는, 해병대만의 독립 부대였다.

물론 처음부터 그들이 독립된 것은 아니었다.

줄어드는 예산으로 인해 미국은 많은 특수부대들을 통합해 작전에 들어가는 예산을 줄일 필요성을 느끼면서 특수작전 사령부(SOCOM, Special Operation Command)을 발족하였다.

하지만 얼마 지나지 않아 미 해병대는 특수전 사령부에서 한 발을 뺐다. 원활한 작전 수행을 위해 자신들만의 독립적인 정찰 부대가 필요성을 느낀 것이다.

그들은 그 과정에서 특수전 사령부에 넘겨주었던 포스리콘을 다시 부활시켰다.

과연 기대대로 부활한 포스리콘은 예전 명성에 뒤지지 않는 엄청난 성과를 보여주었다.

이들이 투입된 것은 1983년 그레나다 침공 당시의 '절박한 분노' 작전과 89년 파나마 침공 때의 '정당한 명분' 작전, 91년 걸프전의 '사막의 폭풍' 작전 등이 있다.

그 뒤로도 포스리콘은 미 해병대가 펼치는 작전 전반에 투입이 되어 적직의 정보를 누구보다 먼저 취득하여 해병대의 작전이 성공할 수 있는 토대를 마련하였다.

결국 해병대 최정예 부대를 투입하겠다는 헌터 준장의 말에 데이비드 대장의 표정이 조금은 풀어졌다.

"허락하지."

후다닥.

사령관의 허락이 떨어지기 무섭게 헌터 준장은 자리에서 일어나 밖으로 나갔다.

한시라도 빨리 포스리콘에 명령하여 쿠웨이트 왕족을 구출하기 위해서였다.

현재 IS 쿠웨이트 침공군의 사령부는 쿠웨이트 시 서쪽에 잇는 알자라 주에 자리하고 있었다.

"사령관님!"

"뭔가?"

"남부 파하헬로 빠지는 길목에서 적과 교전이 벌어졌다고 합니다."

아부살만은 부관의 보고에 고개를 갸웃거렸다.

겨우 교전이 벌어진 것 가지고 자신에게 보고를 하고 있는 것이 이상했다.

"무슨 일인데 그런 것까지 보고하는 거야?"

평소 지금처럼 전투가 지지부진할 때는 이런 하찮은 보고를 하지 않는 부관이었기에, 조금 이상한 기분이 든 아부살만은 숨을 가다듬었다.

그런데 아니나 다를까, 이어진 보고는 이번 전투의 가장 중요한 내용이었다.

"교전을 벌이는데, 적들의 행동이 이상했다고 합니다."

"이상해? 뭐가?"

"예. 아무래도 적이 누군가를 보호하는 듯 교전에 소극적이라 합니다."

"누군가를 보호하는 것 같다?"

아부살만은 부관의 보고에 잠시 궁리를 하다 눈이 커졌다.

"쿠웨이트 국왕과 그 일행이다! 잡아라!"

"알겠습니다."

"아니, 오마르에게 무전을 날려라! 3여단 전부를 동원해 그들을 잡으라고…….."

아부살만은 언급한 3여단은 쿠웨이트 시 남부로 통하는 길목을 막고 있는 병력이다.

한 치의 실수도 용납되지 않는 중요한 순간이기에 아부살만은 쿠웨이트 왕실 인사들의 획득을 위해 만전을 기하려는 것이었다.

부관은 아부살만의 명령을 받고 바로 무전실로 뛰어갔다.

왕궁을 빠져나온 사드 국왕과 왕실 가족, 그리고 이들을 보호하는 지킴이 PMC가 처음 피난처로 잡은 곳은 바로 쿠웨이트 국제공항이었다.

공항 계류장에 국왕 전용 비행기가 있기에 그것을 통해 모두 안전한 사우디로 갈 수 있기 때문이었다.

하지만 일행이 쿠웨이트 국제공항으로 도착했을 때, 이미 그곳은 IS에게 점령된 상태였다.

공항에는 100여 대의 전차와 150여 대의 BMP, 그리고 천여 명의 보병들이 공항 일대를 장악하고 있었다.

어떻게 뚫고 들어간다 해도 비행기를 띄울 여건이 되지 못했다.

만약 억지로 이륙을 시도했다가는 전차와 BMP에 달려 있는 휴대용 미사일에 격추되고 말 것이 분명하기에.

그래서 사드 국왕과 리철명은 의논 끝에 육로로 쿠웨이트를 빠져나가기로 결정을 하였다

킹 파하드 빈 앰덜 아지즈 로드를 통해 사우디로 내려가는 남부 도로를 이용하기로 하였다.

사실 사드 국왕은 왕궁에서 지킴이 PMC들의 무력을 보았기에 공항을 장악하고 있는 IS의 병력을 물리친 후, 비행기를 타고 쿠웨이트를 빠져나가고 싶어 하였다.

하지만 리철명은 사드 국왕의 제안대로 해줄 수가 없었다.

만에 하나 피격당할 위험성이 존재했기 때문이다.

또 지금 페르시아만을 통해 본대가 전속력으로 오고 있다는 것을 피력하며 사드 국왕을 설득하였다.

쿠웨이트 남부 엘키란에 대한민국 해군 제1기동 전단이 본대 병력을 하선시키고 있는 중이니 킹 파하드 빈 앰덜 아지즈 로드를 따라 내려가다 보면 본대와 합류를 할 수 있을

것이며, 그렇게 된다면 굳이 사우디로 피난을 가지 않아도 된다고 설득한 것이다.

군이 해외로 탈출하지 않아도 된다는 말이 마음에 들었는지, 결국 사드 국왕은 리철명의 제안에 따르기로 했다.

하지만 이미 공항까지 IS에 장악된 상태라 일행의 이동은 더욱 조심스러웠다.

지금까지는 공중에 떠 있는 드론을 이용해 적을 피했지만, 지금부터는 상황이 어떻게 변할지 알 수가 없었다.

IS의 공격을 피해 피난 가려는 시민들로 인해 도로는 이미 꽉 막혀 있는 상태였다.

그렇다고 국왕과 그 가족들을 차에서 내려 걷게 할 수는 없었다.

안전을 위해선 어떻게든 방탄 차량에 타고 있어야 이들의 안전을 보장할 수 있기 때문이다.

그러다 보니 쿠웨이트 시를 탈출하기 위해 결정한 킹 파하드 빈 앰딜 아지즈 로드까지 가는 길이 난항이었다.

만약 국왕이 나라를 탈출한다는 사실이 시민들에게 알려진다면 결코 좋은 결과를 예측할 수 없었다.

때문에 국왕 일행의 움직임을 최대한 숨기다 보니 이동 속도는 느려질 수밖에 없고, 국왕 일행을 추격해 오는 IS의 병력과 교전이 벌어졌다.

그러다 보니 더욱 이동 속도가 느려지고, 또다시 교전이 벌어지는 악순환이 계속되었다.

그런 이유로 지킴이 PMC는 최대한 IS와 교전을 회피하며 이동하였다.

아무리 강력한 무력을 가지고 있다고 하지만 개인이 가지고 있는 무장에는 한계가 있을 수밖에 없었다.

스파르탄들은 몇 번의 교전으로 인해 주 무기인 휴대용 미사일을 절반 이상 소비하고 말았다.

그나마 다행인 것은 레일건으로 무장한 리퍼들에게는 아직 개인당 200발 이상의 탄알이 남아 있다는 점이었다.

그런 이유로 처음 왕궁을 빠져나올 때만 해도 스파르탄들이 전면에 나서서 이동했지만, 현재는 리퍼들이 2인 1조로 주변을 살피며 일행을 선도하고 있었다.

게다가 리퍼들이 선도를 하게 되자 속도가 조금 더 붙었다.

일단 무장이 가볍고 원거리를 살필 수 있는 리퍼들이 선두에 서서 주변을 살피다 보니 그런 현상이 벌어진 것이다.

사실 원거리 저격 임무를 예상하고 개발한 리퍼에 이런 능력까지 있을 줄은 수한도 예상하지 못했다.

처음부터 리퍼들에게 원거리 정찰을 시켰더라면 보다 편하게 이동할 수 있었을 것이라 생각하며 새삼 자신의 실수를 깨닫게 되었다.

'원거리 저격이 가능하면 원거리 정찰도 할 수 있는 것인데, 내가 그런 생각을 하지 못했다니…….'

수한은 자신의 행동을 반성하며 계속해서 스파르탄과 리퍼들의 활약을 뒤에서 지켜보았다.

솔직히 개발과 동시에 바로 현장에 투입되다 보니 수한도 두 신형 파워 슈트의 기능을 100% 알 수는 없었다.

물론 기획하고 개발한 것이 자신이기는 해도 현장에서의 활용도까지 예상할 수는 없기 때문이다.

그저 스파르탄은 기존의 파워 슈트가 가지지 못한 화력을 갖춰 시가전에 지원하는 목적으로 개발한 것이고, 리퍼는 기존의 스나이퍼들의 안전을 확보하기 위해 개발한 것인데, 이 둘을 개발하고 현장에서 활약을 지켜보니 자신의 예상을 뛰어넘고 있어 상당히 놀라는 중이었다.

아무리 9클래스 대현자의 깨달음을 가지고 있다고 해도 전지전능한 것은 아니기에 이렇게 마법과 과학이 결합된 결과물의 성능을 100% 확신하지 못한 것이기도 했다.

아무튼 스파르탄과 리퍼들의 활약으로 사드 국왕과 그 가족들은 안전하게 쿠웨이트 시를 벗어나고 있었다.

쾅! 콰쾅! 투투투투! 피웅!

그렇게 얼마를 달렸을까, 어디선가 교전이 벌어지는 소리가 들렸다.

"정지!"

리철명 부사장의 명령이 떨어졌다.

주변에 교전이 벌어졌기에 일단 상황을 살피기 위해서였다.

곧바로 리철명은 드론으로부터 정보를 전달 받기 시작하였다.

"음……."

잠시 후, 리철명은 신음을 흘렸다.

자신들이 위치하고 있는 엘퀴소 인근에 IS의 대규모 병력이 포진하고 있으며, 킹 파하드 빈 앰덜 아지즈 로드도 IS의 병력으로 꽉 막혀 있었기 때문이다.

자신들의 위치가 발견된 것인지, 아니면 다른 이유에서인지는 모르겠지만, 이미 자신들이 탈출로로 선택한 킹 파하드 빈 앰덜 아지즈 로드는 IS에 장악되어 버린 것이다.

때문에 그곳을 통과하기 위해선 어쩔 수 없이 IS의 병력과 전투를 벌여야 할 것인데, 현재 쿠웨이트 국왕과 그 가족들을 보호하면서 전투를 벌이기에는 적의 전력이 만만치 않았다.

더욱이 IS는 무슨 생각인지 피난민들을 향해 포격과 함께 기관총을 발사하고 있었다.

민간인을 향해 아무런 감정도 없이, 마치 게임을 하듯 포격과 총격을 가하는 IS 병력을 보며 리철명의 가슴은 차갑게 식어갔다.

그 모습은 오래전 처절한 상황에서 느낀 분노의 감정을 살아나게 하는 것이었다.

한반도가 통일되기 전, 아니, 리철명이 살기 위해 가족과 함께 북한을 탈출하기도 전, 북한군 특수부대에서 교육을 받던 중 수용소에서 저지른 살인의 감각.

당시에는 수용소에 있던 사람들을 그저 조국을 배신한 반동이란 생각에 아무런 거리낌 없이 살육하였다.

조국을 지키는 군인들의 교보재(敎補材)로 사용된다면, 그것만으로도 그들에게는 영광이라 생각을 했다.

하지만 나중에 세월이 흐르고 북한을 탈출하고 난 뒤, 돌이켜 생각해 보고는 자신이 얼마나 크게 잘못 생각하고 있었는지 깨달을 수 있었다.

그리고 그때의 잘못을 반성하기 위해 상당히 많은 노력을 하였다.

그런데 지금 이곳에서 IS가 북한 특수부대와 똑같은 짓을 행하는 것을 보니 리철명은 IS야말로 지구상에서 없어져야 할 집단이라는 생각을 품게 되었다.

물론 자신을 살인 기계로 교육시킨 북한군 지휘관들도 마찬가지지만, 그들은 이미 통일 전쟁 당시 모두 소탕되었다.

뭐, 일부 지휘관들이 아직도 금강산 깊숙한 곳에 몸을 숨기고 있다고 듣기는 했지만, 아마도 그들도 조만간 소탕될 것이라 생각했다.

쾅!

투타타타! 투두두두!

펑! 펑! 콰쾅!

압둘라 알 아비부는 어디에 적이 있는지도 모르는 상태에서 공격을 받아 정신이 하나도 없었다.

처음 그는 쿠웨이트 시 남부 길목인 엘퀴소의 킹 파하드 빈 앰딜 아지즈 로드를 차단하라는 명령을 받고 부대를 끌고 왔다.

그의 수중에는 전차와 BMP 200여 대로 구성된 대규모 기계화부대가 있었다.

길목을 차단하고 피난을 가려는 쿠웨이트 인들을 붙잡으면서 그는 무료한 나머지 종교재판을 하고 있었다.

원래 압둘라에게는 허가되지 않는 일이지만, 전장에서는 어느 정도 현장 지휘관의 역량으로 비슷한 일이 비일비재로 벌어지기도 했다.

그런 사정으로 아프리카에서는 반군 지휘관들에 의해 마을 하나가 사라지기도 했다.

종교가 다르다는 이유로, 또는 같은 종교라 해도 교리에 따라 이단으로 몰아붙여 죽이기도 하는 것이다.

압둘라 역시 그저 심심하다는 이유로 종교재판을 열어 피난을 가려는 쿠웨이트 인들을 죽이고 있었다.

그런데 어느 순간, 어디에서 날아온 것인지 알 수 없는 로켓 공격과 알 수 없는 공격을 받아 전차와 BMP들이 파괴되었다. 또 쿠웨이트 인들을 사살하던 부하들 역시 몰살을 당했다.

"도대체 적은 어디에 있는 것이야!"

압둘라는 어디서 날아오는지조차 알 수 없는 적의 공격에 공황 상태에 빠질 지경이었다.

그리고 그건 압둘라뿐 아니라 그의 부하들도 마찬가지다.

대국이라 불리는 미국을 비롯한 연합군의 공세에 맞서 10년 이상을 싸워온 것이 바로 자신이 이끌고 있는 부대였다.

위대한 이슬람 전사이며 IS의 최정예 부대인 제1기갑 군단 예하 기계화부대.

그런데 알 수 없는 그런 자신들이 지금 알 수 없는 적에게 공격을 받고 있었다.

세계 최강국인 미국의 군대인지, 그 동맹국의 군대인지, 그것도 아니면 몇 수 아래로 봤던 쿠웨이트의 군대인지……. 정체는 알 수 없지만, 지금 중요한 것은 그것이 아니었다.

모든 고민을 떠나 그저 적이 두려울 뿐이었다.

마치 유령인 양 모습도 보이지 않는 적의 존재는 공포, 그 자체였다.

"본부! 본부! 여기는 제2여단 3대대 대대장 압둘라다. 현재 의문의 적에게 공격을 받고 있다!"

압둘라는 급하게 알자라 주에 주둔하고 있는 침공군 사령부에 무전을 날렸다.

아직 병력이나 전력이 상당히 남아 있기는 하지만, 파괴된 전차와 BMP가 어느새 스무 대를 넘어가고 있었다.

도대체 적의 무기가 무엇인지 알 수도 없는데다 공격을 받을 때면 원 샷 원 킬을 당하고 있었다.

전차와 BMP만 파괴되는 것도 아니었다.

담벽에 몸을 숨긴 보병들도 무사하지는 못했다. 전차와 BMP들이 파괴되면서 내부에 적재하고 있던 포탄들이 유폭(誘爆)되어 피해를 더욱 키운 탓이었다.

그런데 이상한 것은 이렇게 난전이 벌어지고 있는데도 겁에 질려 한쪽에 모여 있는 쿠웨이트의 피난민들은 전혀 피해를 입지 않는다는 것이었다.

그것만 봐도 적이 얼마나 무서운지를 잘 알 수 있었다.

피난민들을 피해 자신들만 노려 공격을 가한다는 것은 이미 전장을 지배하고 있다고 말해도 과언이 아니었다.

마치 먹이를 노리며 달려드는 맹수처럼.

하지만 정작 자신들은 큰 피해를 입고도 아직까지 적의 위치도 파악하지 못한 상황이었다.

"알겠습니다. 최대한 적을 막고 있겠습니다."

다행히 본부에서 지원군을 보내준다는 소식이 전해졌다. 이제 자신은 최대한 적을 이곳에 묶어둬야 했다.

"곧 본부에서 지원군이 올 것이다. 적을 지원군이 올 때까지 막아라!"

어느 정도 안색을 회복한 압둘라가 자신감 넘치는 목소리로 명령했다.

쿠웨이트 국왕 일행을 호위하던 지킴이 PMC는 부사장인 리철명의 명령에 저 멀리 있는 IS의 기계화부대를 향해 공격하였다.

비록 10㎞ 정도 떨어져 있지만, 그 정도 거리는 전혀 장애가 되지 않았다.

스파르탄의 주 무기는 머신건이지만, 그 외에도 전차와 같은 방어력이 뛰어난 무기를 파괴하기 위한 다목적 휴대 미사일을 가지고 있었기 때문이다.

물론 휴대용 미사일은 보유 수량이 한정되었기에 무턱대고 사용할 수는 없었다.

이미 소모한 무장을 보급하기 위해선 본대와 합류해야 하지만, 아직은 시간이 더 필요했다.

아무리 빨라도 한두 시간은 더 지나야 합류할 수 있을 것이기에 최대한 미사일과 탄약을 아껴야 했다.

그랬기에 한 발, 한 발 신중하게 사격하였다.

그리고 현재 IS의 기계화부대를 공격하는 일에서는 스파르탄보다 리퍼들의 활약이 돋보였다.

10㎞나 떨어져 있는 전차와 BMP를 상대로 정확하게 저격을 하고 있기 때문이었다.

리퍼가 가지고 있는 레일건의 유효사거리는 장장 40㎞나 되었다.

그러니 현재 10㎞ 정도 밖에 있는 적은 무척이나 쉬운 상대일 수밖에 없었다.

원체 리퍼의 주목적이 원거리 저격인 만큼 10㎞ 정도 떨어져 있는 IS의 전차와 BMP들은 그저 고정 표적에 불과했다.

"에너지 잔량은 어떻습니까?"

수한은 드론이 전해 주는 전장의 정보를 받아 보며 리퍼를 착용하고 있는 직원에게 물었다.

지킴이 PMC의 직원들 중 수한의 정체를 확실하게 알고 있는 이들은 드물었다.

그저 자신들이 착용하고 있는 파워 슈트의 개발자 내지는 회사와 연관된 연구원 정도로 알고 있을 따름이다.

그리고 또 간부들에게도 그의 정확한 정체가 알려지지 않

았는데, 그 이유는 모두 수한의 안전을 위해서였다.

만약 수한이 지킴이 PMC의 실질적인 오너이자 대한민국 최대 곡물 유통 회사의 주인이며, 또 거대 기업인 라이프 메디텍의 주인이란 것을 알게 된다면 그 이후에 벌어질 일은 보지 않아도 알 수 있을 정도였다.

수한을 통해 이득을 얻으려 접근하는 사람이나 수한의 존재에 위협을 느껴 테러를 자행해 제거하려는 단체나 사람들이 나타날 것이 분명했다.

그렇기에 정체를 숨기고 그저 협력 업체 연구원 내지는 협력 업체에서 파견한 고문 정도로만 알린 것이다.

현재 수한은 지킴이 PMC 직원들에게 신형 파워 슈트의 성능 테스트를 한다는 이유로 함께 움직이는 중이었다. 그리고 의심을 사지 않기 위해 때때로 파워 슈트의 에너지 소비량이나 과격한 기동 후의 상태 등을 물었다.

그럴 때마다 직원들은 아무런 의심 없이 질문에 대답을 해주었다.

그 모든 것이 자신들이 착용하는 파워 슈트의 성능 향상을 위한 자료가 된다는 것을 잘 알기 때문이다.

"예. 교전 중 30% 정도의 에너지를 소비해 현재 에너지 잔량은 70% 정도 남았습네다."

리퍼를 착용하고 있던 직원의 대답을 들은 수한은 또 다른 지시를 내렸다.

"음, 에너지 소비가 좀 심한데……. 레일건의 출력을 20% 정도 줄여서 사용해 보세요."

"알겠습니다."

수한은 리퍼의 에너지 소비가 예상보다 심각하다는 생각을 하였다.

비록 교전이 벌어져 어쩔 수 없이 레일건을 사용했지만, 그 횟수는 겨우 두세 번 정도일 뿐이었다.

그런데 벌써 전체 에너지 중 30%를 소비하였다.

물론 무기를 사용하지 않는다 해도 에너지 소비는 당연한 일이지만, 그래도 이제 불과 40㎞ 정도를 기동했을 뿐이다.

그런데도 이렇게 과도하게 에너지를 소비했다는 것은 그만큼 비효율적이라는 결론이었다.

그래서 수한은 그에게 레일건의 출력을 20% 내려서 사용할 것을 주문하였다.

막말로 현재 리퍼들이 지급 받은 레일건의 탄은 개인당 200발로, 아직 여유가 있었다.

다만, 소지한 탄을 모두 소비하기 전에 남은 에너지가 바닥날 것이라 예상되기에 그리 조치한 것이었다.

동시에 에너지를 줄였을 때 레일건의 위력 또한 어느 정도로 감소하는지 알아보려는 의도도 있었다.

수한의 지시를 받은 직원은 레일건 발사에 필요한 에너지가 80% 정도 차자 바로 공격에 들어갔다.

전방에 표적은 널려 있었다. 200여 대의 IS 전차와 BMP 중 아무것이나 표적으로 삼으면 되기에 수한의 명령을 받은 직원은 에너지가 차자마자 바로 레일건을 발사하였다.

쾅!

엄청난 소닉붐을 일으키며 총구에서 발사된 탄환은 음속의 12배로 날아가 목표에 명중하였다.

레일건에서 발사된 탄환은 밝은 은빛을 내며 날아갔는데, 그 빛이 얼마나 밝은지 한낮인데도 그 궤적이 눈으로 보일 정도였다.

레일건의 탄환은 정확하게 목표에 명중하였는데, 피격된 BMP는 그 충격을 이기지 못하고 대번에 뒤집어졌다.

그 때문에 IS의 병력들이 모여 있는 쪽에서 큰 소란이 벌어졌다.

멀쩡하던 BMP가 갑자기 폭발음과 함께 제자리에서 뒤

집어졌으니, 아니 놀랄 수가 없는 것이다.

'출력을 줄였는데도 대미지가 상당하군……'

수한은 레일건에 피격된 BMP가 뒤집히는 것을 영상을 통해 새삼 위력을 실감했다. 하지만 아직도 조금 출력이 과하다는 생각이 들었다.

"이번에는 20% 더 줄여서 사용해 보세요."

지킴이 PMC 직원은 수한의 명령대로 조금 전보다 더 출력을 낮춰 또 다른 표적을 향해 레일건을 발사하였다.

쾅!

이번에 레일건에서 발사된 탄환은 출력을 더 낮춰서 그런지 조금 전보다는 조금 느리게 날아갔다.

물론 그래 봐야 일반인들은 그 차이를 느끼지 못하겠지만 말이다.

쿵!

이번에 명중된 표적은 조금 전과 다르게 차체가 뒤집히지는 않았다.

그렇지만 충격은 여전히 강한지 피격을 당한 후, 무척이나 요란하게 요동을 쳤다.

이번 표적은 조금 전 뒤집힌 BMP가 아닌, T—72 전차였다.

BMP—2보다 세 배나 무겁고 방어력이 뛰어난 전차인 탓에 뒤집히지 않고 심하게 흔들린 것일 수도 있었다.

하지만 그것도 잠시. T—72 전차는 커다란 폭발음과 함께 포탑이 공중으로 사출되었다.

전차 내부에 있던 포탄들이 레일건의 피격에 그 충격을 이기지 못하고 폭발한 것이다.

그리고 T—72의 포탑은 폭발 압력을 이기지 못하고 차체와 분리되고 말았다.

그 모습을 확인한 수한은 고개를 끄덕였다.

'그래, 저 정도면 충분해.'

40%나 출력을 낮췄음에도 IS가 보유한 전차를 파괴할 수 있다는 사실을 알게 된 수한은 꼼꼼하게 기록을 하였다.

물론 IS가 보유한 T—72 전차는 3세대 전차에도 들지 못하는 2.5세대 전차일 뿐이다.

현재 대한민국을 둘러싼 중국, 러시아, 일본, 미국 등은 모두 4세대 전차를 운용 중이다.

그러니 나중에 그들의 전차를 상대할 때는 처음 100% 출력의 레일건을 사용해야 하겠지만, 현재로서는 60%의 출력만으로도 충분하다고 생각하는 수한이었다.

"전차를 상대할 때는 지금의 출력으로도 충분한 것 같으니 그대로 사용하고, BMP를 상대할 때는 출력을 40%까지 낮춰 사용하세요."

수한은 더 이상 실험하지 않고 바로 지시를 내렸다.

리퍼의 파워팩을 개량하긴 했지만, 현재 레일건을 사용하기 위해 들어가는 에너지가 설계한 것 이상으로 소비되는 것을 알 수 있었다.

그래서 최대한 에너지 효율을 생각해 레일건의 출력을 낮춰 적정한 수치를 알아본 실험에서 IS가 보유한 T—72 전차를 상대할 때는 60% 출력이 적당했고, 전차보다 장갑 방어력이 낮은 BMP를 상대할 때는 20% 더 낮춰 상대해도 충분하다 판단해 그리 조치를 취했다.

리퍼를 착용한 지킴이 PMC 직원들은 수한의 지시에 따라 에너지 출력을 조절했다.

리퍼에 대한 에너지 효율 시험을 끝낸 수한은 이번에는 또 다른 파워 슈트인 스파르탄으로 시선을 돌렸다.

스파르탄은 리퍼와 다르게 도심 시가전을 전제로 개발된 파워 슈트다.

기본 파워 슈트에 장갑을 조금 더 두텁게 개량을 하고, 기본 무장인 20㎜ 머신건과 여덟 발의 다목적 미사일 런처를 멀티 장착하였다.

그리고 적의 중화기 공격을 막을 수 있는 두터운 방패가 기본으로 주어졌는데, 그 외에도 라이프 메디텍에서 개발한 파워 슈트에는 기본적으로 개인용 플라즈마 실드 발생 장치가 들어 있었다.

아무튼 기본형 파워 슈트에 장거리 공격력과 기동성을 높인 것이 리퍼라면, 화력과 방어력을 높인 타입이 바로 스파르탄이었다.

좀 전에 리퍼를 확인했으니 이번에는 스파르탄을 시험할 차례였다.

모의 시험장이 아닌 실제 전투 현장에서의 하는 실험이라 수한은 무척이나 기분이 고무되었다.

비록 리퍼가 처음 기획한 설계보다 조금 떨어지는 면이 보이기는 했지만 그건 에너지 소비 문제일 뿐, 화력은 계획한 대로 성공적이었다.

그런 이유로 이번 스파르탄을 살피는 것도 내심 기대가 되었다.

"우리가 안전하게 이곳을 빠져나갈 수 있겠나?"

사드 국왕이 리철명을 보며 물었다.

눈앞에서 길목을 막고 있는 IS의 군대와 전투를 벌이고 있는 상황.

사드 국왕이 알고 있는 지킴이 PMC 인원 중 가장 높은 직책을 가진 사람이 리철명 부사장이기 때문이었다.

"안심하고 기다리십시오. 곧 안전한 곳으로 모시겠습니다."

사드 국왕의 질문에 리철명은 자신감 넘치는 표정으로 대답했다.

그 모습에 사드 국왕은 안도감을 느꼈다.

'확실히 이들은 다른 PMC들과는 다르군.'

사실 사드 국왕 정도 되면 많은 사람들을 만나 보았다.

그중에는 용병이나 PMC의 종사자들도 많이 있었다.

특히나 군대를 제대로 갖추지 못한 쿠웨이트의 사정상 PMC들이 많이 활약하고 있었다.

그중에 가장 명성이 있는 이들은 미국에 본사를 두고 있는 블랙 워터였는데, 그들은 모두 미국 특수부대 출신으로만 이루어진 정예였다.

그래서인지 보통 그들이 맡는 일은 미국에 적대적인 지역에 파견을 나가는 대사관 직원의 경호나 미군 대신 작전에 투입되는 경우가 대부분이었다.

사드 국왕도 얼마 전까지 이들 블랙 워터 직원 몇 명을 자신과 왕족들의 경호원으로 쓰기도 했다.

하지만 IS가 쿠웨이트를 침공할 것이란 정보를 듣자 블랙 워터는 경호 계약을 해지하고 떠났다.

그런 탓에 사드 국왕은 자신과 왕족들을 보호하기 위해 급하게 새롭게 이름을 떨치는 한국 국적의 지킴이 PMC에 대규모 의뢰를 한 것이었다.

사실 사드 국왕도 굳이 비싼 계약을 하고 싶은 생각은 없었다.

지킴이 PMC와 계약한 금액이 자그마치 100억 달러에 달했기 때문이다.

그것도 1년 경호하는 비용으로 100억 달러라는 천문학적인 금액을 지킴이 PMC에서 부른 것이다.

그럼에도 사드 국왕으로서는 계약을 하지 않을 수가 없었다. IS에서 침공한다는 정보가 이미 널리 퍼져 PMC들이 쿠웨이트 왕실과 계약하지 않으려 하였기 때문이다.

아니러니하게도 정작 쿠웨이트를 지켜주겠다고 단단히 약속을 했던 미국은 이런 정보를 무시하였지만.

결국 어쩔 도리 없이 사드 국왕은 지킴이 PMC와 경호 계약을 하게 되었다.

하지만 지금에 와서 생각해 보니 100억 달러가 전혀 아깝지 않았다.

비록 아직 채 한 시간도 지켜본 게 아니긴 하지만, 지금까지 그가 직접 목격한 지킴이 PMC의 능력은 소문 이상으로 뛰어났다.

더욱이 그들이 착용한 파워 슈트는 상상 이상이었다.

지킴이 PMC가 무엇 때문에 엄청난 계약금을 요구했는지 이제야 비로소 깨달을 수 있었다.

사실 사드 국왕은 미국 코믹스에 나오는 히어로물 판타지 영화를 무지 좋아하였다.

그중에서도 강철 슈트를 착용하고 테러리스트들을 막아내는 스틸맨을 가장 좋아하였는데, 오늘 만난 지킴이 PMC들의 복장이 그와 무척이나 비슷하였다.

영화 속에서의 스틸맨도 첨단 공학으로 만들어진 특수 슈트를 입고 강력한 무기를 가지고 악당을 물리쳤다.

다만, 스틸맨은 하늘과 땅, 물속을 가리지 않고 활약을 하지만, 현실의 지킴이 PMC들은 그렇지 못하다는 것뿐. 하지만 활약상은 결코 스틸맨에 못지않았다.

자신과 가족들을 위협하는 IS를 상대로 막강한 화력을

동원해 물리치는 모습은 영화 속 영웅의 모습을 마치 현실로 가져온 듯한 모습이었다.

쾅! 쾅!

주변에서 포탄이 터지는 소리가 계속해서 들려왔지만, 강철 슈트를 입고 있는 지킴이 PMC 직원들의 늠름한 모습을 보며 사드 국왕은 잔잔한 미소를 지었다.

3.
신형 파워 슈트의 실전 테스트

부웅!

미 해병대 전술 차량인 JLTV가 흙먼지를 일으키며 도로 위를 질주하고 있었다.

사우디 담맘에서 출발한 이들은 쿠웨이트 국경을 넘어 킹파하드 빈 앰딜 아지즈 로드를 달리는 중이었다.

이들의 정체는 미 해병대 특수 수색대인 포스리콘으로, 데이비드 메카시 사령관의 명령을 받아 쿠웨이트의 왕족들을 구출하기 위해 출동한 상태였다.

하지만 포스리콘의 지휘관은 자신들이 서둘러 가봐야 이미 가망이 없다는 것을 잘 알고 있었다.

포스리콘의 지휘관인 애덤 홀드 소령은 IS가 쿠웨이트를 침공하는 데 동원한 전력이 전차 3,000대와 BMP도 1,500대나 된다고 들었다.

　이것은 1990년 이라크의 대통령인 후세인이 쿠웨이트를 침공할 때 운용했던 것보다 배는 더 많은 전력이었다.

　그에 비해 쿠웨이트의 전력은 참으로 별 볼일 없는 수준이었다.

　기껏해야 전차 360여 대에 불과하니 승부는 불을 보듯 뻔했다.

　그중 210대는 미군이 사용하던 M1A2 전차로, IS가 운영하는 T—72 전차보다 월등히 강력한 성능을 지니고 있긴 하지만, 이미 압도적인 수적 열세에서는 의미가 없었다.

　아무리 쿠웨이트 군이 선전한다 해도 IS의 막강한 기갑 전력을 막아내기엔 역부족일 것이 분명했다. 때문에 애덤 홀드 소령은 최대한 은밀히 침투하여 쿠웨이트 국왕이나 왕족들이 살아 있다면 구하고, 그렇지 않다면 조용히 IS의 전력만 염탐을 하고 철수할 계획을 세웠다.

　이는 참모인 헌터 더글라스 준장의 은밀한 명령이기도 했다.

　그런데 문득 애덤 홀드 소령의 눈에 이상한 것이 들어

왔다.

킹 파하드 빈 앰덜 아지즈 로드 오른쪽으로 보이는 엘키란에 자신이 모르는 군함이 하역 작업을 하고 있는 것이다.

군함에 걸려 있는 것을 보니 한국이란 나라의 국기인 듯했다.

가본 적은 없지만 애덤 홀드 소령 역시 한국에 대한 이야기를 들은 적이 있었다.

지구 유일의 분단국가였다가 2년 전 극적으로 통일을 이룬 나라.

무엇보다 미국과는 상당한 외교 관계를 맺고 있는 우방이었다.

"정지!"

애덤 홀드 소령은 달리던 차량을 멈춰 세우고 잠시 생각에 잠겼다.

'한국군이 무슨 일로 엘키란에 하역을 하는 것이지? 조금 알아봐야겠군.'

"저들이 무엇 때문에 엘키란에 왔는지 알아봐야겠다."

그는 부하들에게 재출발을 지시하면서 엘키란으로 방향을 전환하였다.

우웅! 끼끼끽!

"빨리빨리해!"

항만에서는 대한민국 해군 제1기동 전단 소속 군수 보급 함인 천지함에서 한창 하역이 진행 중이었다.

대한민국 군대를 대신해 쿠웨이트에 파견된 지킴이 PMC의 물건을 내려놓는 것이다.

수한은 쿠웨이트가 IS의 공격을 받는다는 전문을 받자마자 곧장 출발을 하였다.

의뢰주인 쿠웨이트 왕실 인사들을 구출하기 위한 목적도 있지만, 막 개발을 끝낸 리퍼와 스파르탄의 시험 가동을 병행하려는 이유에서였다.

그와 함께 추가 파견 병력에게는 엘키란에서 내려 북상을 하라고 지시를 내렸다.

먼저 출발한 구출조가 쿠웨이트 국왕과 가족들을 호위해서 남하하여 합류한다는 계획이었다.

그렇게 된다면 아무리 많은 IS군이 쫓아온다 하여도 충분히 싸워 이길 승산이 있었다.

그런 연후에 IS를 쿠웨이트에서 몰아내기 위해 사드 국왕과 재차 협상을 벌이는 게 수한의 계획이었다.

지킴이 PMC는 IS의 공격으로부터 지켜준다는 계약을 한 것이지, 나라를 찾아주겠다는 계약을 한 것이 아니었다.

사실 아직 계약의 효력이 발생하기 전에 IS가 침공을 하여 쿠웨이트를 점령한 것이라 지킴이 PMC가 지금처럼 사드 국왕을 비롯해 쿠웨이트 왕실 인사들을 구해줘야 할 의무는 없었다.

하지만 그래도 계약을 체결하기는 했고, 쿠웨이트 국왕 일가를 구하는 임무는 완수한 상태.

하지만 어찌 되었든 처음 계약할 당시와는 상황이 완전히 달라졌다.

쿠웨이트라는 땅을 지키는 것이 아니라 침공한 IS 세력을 몰아내야 하는 문제가 생긴 것이다.

때문에 새로운 계약을 맺어야 함은 당연지사였다.

또 지킴이 PMC가 아무리 막강한 전력을 갖추었다고 해도 현재 파견된 인원으로는 쿠웨이트를 침공한 IS 세력을 완벽하게 몰아낼 수 있다고 장담할 수는 없었다.

그러기 위해서는 기동 전단의 도움이 절실히 필요했다.

수한은 이런 점까지 염두에 두고 계획을 세웠다.

사실 기동 전단의 도움이 절실하기도 하지만, 단지 그런 이유만 갖고 기동 전단을 끌어들이려는 것은 아니었다.

기동 전단으로서도 전투 경험이 꼭 필요한 시점이었다.

기동 전단의 원래 목적은 아덴 만에서 작전을 수행하고 있는 이순신함의 교체였다.

하지만 신형 순양함인 해모수함은 이제 막 취항이 된 터라 모든 면에서 경험이 부족했다. 단순히 운행뿐만 아니라 실전에서의 테스트가 꼭 필요했다.

그리고 마침 쿠웨이트에서 해모수함이 활약할 기회가 생긴 것이다.

그것도 해모수함에는 위협이 될 만한 어떤 요소도 없는 상태에서 가지고 있는 화력을 시험할 수 있는 절호의 기회였다.

쿠웨이트를 침공한 IS 병력은 먼바다에 위치한 함선을 공격할 수단이 없었다.

아부살만의 기갑 부대가 가지고 있는 무기 중 가장 장거리 무기는 겨우 러시아재 대전차 미사일뿐인데, 그것의 사거리는 최대 5㎞밖에 되지 않았다.

그렇기 때문에 수한은 실전 경험의 중요성을 어필하며 기동 함대 사령관인 강감찬 제독을 설득하였다.

강감찬 제독도 수한의 말에 십분 공감했다.

확실히 지금 상황은 대한민국 해군, 아니, 자신의 기함인 해모수함이 실전을 경험할 수 있는 절호의 기회였다.

그렇기에 강감찬 제독도 수한의 계획에 찬성을 하고 함대에 있는 헬리콥터를 지원해 준 것이었다.

사실 전투를 하기 위해선 해군 사령부의 명령이 있어야 하겠지만, 현재 상황이 워낙 긴급하기에 선 조치 후 보고를 하기로 한 것이다.

물론 중간에 어떤 상황인지 정확하게 인지한 뒤 보고해야 하겠지만 말이다.

어쨌든 사전에 수한과 이야기를 나눈 계획에 따라 기동전단은 지킴이 PMC를 엘키란에 내려주고 작전지역으로 다시 이동을 해야 했다.

해안 가까이 머물다가는 아무리 사거리가 짧은 대전차 미사일이라 해도 피해를 입을 수 있기 때문이었다.

고립된 선발대를 구원하기 위해 빠르게 하선하고 있는 지킴이 PMC들이 있는 곳으로 일단의 차량이 접근하였다.

부웅!

끼익!

갑작스런 낯선 차량의 등장에 기동 함대의 함포는 물론이고, 갑판 위에 있던 해군들이 접근하는 차량을 일제히 조준하였다.

지금 이곳은 동맹인 쿠웨이트의 영토이기에 접근하는 이들을 경계는 하지만 바로 공격하지는 않았다.

"정지!"

하역을 하는 위치의 가장 앞쪽에서 초소를 세워 경계하고 있던 최필승이 접근하는 차량에 총구를 겨누며 고함을 질렀다.

그런 최필승의 지시에 접근하던 차들이 일단 정지하였다.

끼익!

생전 처음 보는 군함의 출현에 엘키란으로 기수를 돌린 애덤 홀드 소령은 차량을 세웠다.

비록 말을 알아듣지는 못했지만, 취하는 행동이 정지를 뜻하는 듯 보여서였다.

애덤 홀드 소령의 지시에 접근하던 차량들이 멈추자 최승필이 조심스럽게 다가갔다.

유리창을 통해 차량 내부를 살피니, 차에 타고 있는 사람들은 하나같이 피부가 허연 백인들이었다.

'누구지?'

최필승은 고개를 갸웃거렸다.

이곳은 관광지도 아니고, 또 그렇다고 인구밀도가 높은 도시도 아니었다.

이곳 엘키란은 석유화학 단지라 백인들이 있을 이유가 없었다.

더욱이 이들이 탑승한 차량도 그저 적업을 하는 트럭이 아니라 상부에 기관총을 거치해 놓은데다 사막 지형에서 눈에 잘 띄지 않는 보호색으로 도색한 차량들이었다.

그것만 봐도 군용 차량임을 알 수 있었다.

"시동 꺼! 운전수 하차!"

최필승은 착용 중인 파워 슈트를 조작해 자신의 말을 영어로 송출했다.

지킴이 PMC의 직원들이 입고 있는 파워 슈트에는 언어 해독 장치가 들어 있었다.

이번에 쿠웨이트 왕실과 대규모 의뢰를 하면서 언어가 통하지 않을 것을 예상하고 모든 직원들이 입고 있는 파워 슈트에 각국의 언어를 해독할 수 있는 프로그램을 넣었기 때문이다.

한편, 갑자기 상대에게서 영어가 흘러나오자 애덤 홀드

소령은 눈이 커졌다.

그러나 놀란 것도 잠시. 보조석에 있던 애덤 홀드는 차에서 내려 경비병에게 말을 걸었다.

"난 미국 해병대 포스리콘의 소령인 애덤 홀드라고 한다. 이곳에 한국군이 무슨 이유로 정박을 한 것인가?"

애덤 홀드 소령이 자신의 신분을 밝히며 현재 눈앞의 상황을 물었다.

최필승은 잠시 그와 뒤쪽 차량들을 돌아보다 다시 물었다.

"미군이 무엇 때문에 쿠웨이트 영토인 이곳에 있는 것이지? 우리가 듣기로는 현재 쿠웨이트에 미군은 없는 것으로 알고 있는데…….."

물음에 답하지 않고 오히려 질문을 해오는 최필승의 말에 애덤 홀드 소령은 절로 미간을 찌푸렸다.

"다시 한 번 묻는다. 한국군이 여긴 무슨 이유로 정박한 것인가?"

기분이 나쁘다는 것을 여실히 드러내며 묻는 애덤 홀드 소령을 향해 최필승은 슬쩍 입꼬리를 올렸다.

괜히 미군이 화를 내는 모습이 재미있게 느껴진 것이다.

하지만 자신의 임무를 상기한 최필승은 소령이란 계급에

주눅 들지 않고 단호하게 대답했다.

"다시 한 번 묻는다. 미군이 여긴 무슨 이유로 들어온 것인가? 이건 엄연히 국경 침입이다."

자신의 질문에 대답은 하지 않고 오히려 차갑게 큰소리를 치는 한국인의 모습에 애덤 홀드 소령은 지금 상황이 잘 판단되지 않았다.

'허, 지금 내 눈앞에 있는 이가 한국인이 맞나?'

애덤 홀드 소령이 순간 혼란에 빠져 있을 때였다.

저 멀리 하역을 하고 있는 곳에서 한 대의 차량이 접근해왔다.

붕! 끼익!

"무슨 일입니까?"

새롭게 나타난 이는 대한민국 해군 제1기동 함대 소속 김현중 중위였다.

김현중 중위는 주변 경비를 책임지는 임무를 맡고 있던 차였다.

현재 지킴이 PMC는 제1기동 함대와 함께 움직이고 있으며, 부사장인 리철명과 수한이 없는 상태였기에 해군 제독인 강감찬의 지휘를 받고 있는 중이었다.

수한과 리철명이 쿠웨이트 왕족들을 구출하기 위해 간부

들을 대거 데리고 출동하는 바람에 6천 명이나 되는 지킴이 PMC 직원들을 원활하게 통솔할 이가 부족한 상황.

그랬기에 고육지책으로 일단 해군 제독인 강감찬 제독의 지휘를 받으라고 지시를 내린 것이다.

그리고 지킴이 PMC 직원들도 얼마 전까지만 해도 군인이었기에 강감찬 제독의 지휘를 받는 것에 그리 거부감이 없었다.

그런 이유로 지금도 경계는 지킴이 PMC들이 맡고, 지휘는 김현중 중위가 담당하고 있었다.

"예. 이들이 미군이라고 하는데, 무엇 때문에 쿠웨이트 영토에 들어왔는지 알아보는 중입니다."

최필승은 김현중 중위의 질문에 그대로 대답하였다.

한편, 말이 안 통하는 이를 상대하다 새롭게 중위 계급장을 하고 있는 이를 보게 되자 애덤 홀드 소령은 얼른 그에게 질문을 하였다.

"난 미 해병대 사우디아라비아 주둔군 소속 애덤 홀드 소령이라고 한다. 다시 한 번 묻겠다. 한국군이 무엇 때문에 쿠웨이트에 온 것인가? 그리고 무슨 목적으로 이곳에 하역을 하고 있는 것인가?"

애덤 홀드 소령은 숨도 쉬지 않고 빠르게 질문하였다.

하지만 그 말을 알아들은 사람은 최필승뿐이었다.

최필승은 언어 해독기 프로그램이 설치된 파워 슈트를 착용하고 있었지만, 김현중 중위는 그런 것이 없었기 때문이다.

물론 김현중 중위가 영어를 알아듣지 못하는 것은 아니지만, 지금은 너무도 빠른 속도로 내뱉어진 말이라 제대로 의미를 파악할 수가 없었다.

김현중이 당황한 표정으로 애덤 홀드 소령을 쳐다보고 있자 최필승이 옆에서 방금 전 애덤 홀드 소령이 한 질문을 통역해 주었다.

그제야 김현중은 담담한 표정으로 대답하였다.

"전 대한민국 해군 제1기동 함대 소속 김현중 중위라고 합니다. 저희는 쿠웨이트 왕실의 의뢰를 받아 쿠웨이트로 파견된 지킴이 PMC를 지원해 주기 위해 이곳에 와 있습니다. 그런데 미 해병대 병력이 쿠웨이트에 있다는 소리는 듣지 못했는데, 그것에 대한 이야기를 해주시기 바랍니다."

정중하지만 단호한 의지가 깃든 김현중 중위의 말에 애덤 홀드 소령은 눈에서 이채를 띠었다.

그는 한국군을 직접 만나본 적은 없지만 들리는 풍문으로 어느 정도는 알고 있었다.

그런데 지금 자신이 직접 겪어 보는 한국군은 이야기로 들던 것과는 많이 달랐다.

한국에서 생활하다 중동으로 파견된 동료들의 이야기로는 한국인들은 미군을 무척이나 동경한다 하였다. 그래서 어떻게든 자신들과 연결되기 위해 부대 앞에서 진을 치는 여자들도 많다고 들었다.

그 말을 들은 애덤 홀드 소령은 한국인도 일본인 못지않게 자신들을 우러러 본다고 생각하며 내심 비웃었다.

그런데 지금 눈앞에 있는 한국인의 태도는 전혀 그렇지 않았다.

자신감에 차 있는 모습이 확연했다. 더욱이 미 해병대라 하면 전 세계에서 최고의 정예라 여기는데, 그런 자신을 앞에 두고도 아무런 동요 없이 알고자 하는 것을 꼬치꼬치 묻는 게 아닌가.

"소령님, 저희는 쿠웨이트 왕실의 요청으로 온 것이지만 소령님과 미군들은 그렇지 않은 것 같은데, 어떻게 된 일인지 저희에게 들려주시겠습니까?"

표현은 정중했지만 김현중 중위의 말속에는 단호함이 묻어 있었다.

순간, 애덤 홀드 소령은 침음을 삼켰다.

"음……."

상대의 태도가 일견 무례하게 느껴졌기 때문이다.

하지만 그건 애덤 홀드 혼자만의 착각이었다.

쿠웨이트 왕실의 요청을 받은 지킴이 PMC와 다르게 미군은 아무런 요청도 받지 못했다고 김현중 중위는 상황을 파악하고 있었다.

그러니 지금 미군이 이곳에 있는 정확한 이유를 알아야만 했다.

게다가 현재로서는 애덤 홀드 소령이 미군이라고만 말을 했을 뿐이라 정확한 정체를 알 수는 없었다.

그렇기에 애덤 홀드 소령이라 밝힌 인물과 그의 일행이 이곳 쿠웨이트 영토에 있는 정확한 이유를 알아내야만 했다.

만약 미군으로 위장한 IS의 특작대라면 예상치 못한 피해를 볼 수도 있기 때문이었다.

김현중 중위의 단호한 모습에 애덤 홀드 소령은 어떻게 행동을 취해야 할 것인지 판단할 수가 없어 잠시 머뭇거렸다.

원래 그런 성격은 아니지만 현재 그는 상부의 지령으로 작전을 수행 중이다.

그러다가 중간에 변수가 작용해 그것을 알아보기 위해 이곳에 왔는데 상황이 자신의 예상을 벗어나자 그만 머리에 과부하가 걸린 것이다.

잠시 머릿속을 정리한 애덤 홀드 소령은 이내 차분하게 자신이 부하들과 이곳에 있는 이유를 설명하였다.

"우린 IS가 쿠웨이트를 침공했다는 정보를 받고 쿠웨이트 국왕과 그 가족들을 구출하기 위해 출동하는 중이다."

자신들이 세계 최강 최정예인 미국의 해병대 포스리콘이라고 하지만, 명분상 한국군에 비해 약세란 것을 읽고 목적을 순순히 알렸다.

그런 애덤 홀드 소령의 내심을 읽은 김현중 중위도 조금 전의 위압적인 분위기를 지우고 조금은 완화된 표정으로 애덤 홀드 소령을 대했다.

"그렇습니까? 저희도 현재 지킴이 PMC의 부사장과 간부들이 쿠웨이트 왕족들을 구출하기 위해 출발하였고, 후속팀을 보내기 위해 이렇게 하역을 하고 있는 중입니다. 소령님도 쿠웨이트 왕족들을 구하기 위해 가시는 길이라면 지킴이 PMC들과 함께 움직이시는 것이 어떻습니까?"

아직 확실하게 정체를 파악하지 못한 터라 마음을 놓을 수는 없지만, 그래도 그동안 지킴이 PMC 직원들과 함께 이곳까지 오면서 그들의 능력을 알게 된 김현중 중위는 애 덤 홀드 소령에게 제안을 하였다.

혹시라도 애덤 홀드 소령 일행들이 엉뚱한 일을 벌이더라 도 지킴이 PMC라면 충분히 감당할 수 있다 판단한 것이 다.

지금 눈앞에서 펼쳐지고 있는 상황만 봐도 지킴이 PMC 에 대한 믿음은 확고했다.

크레인이 있어야만 선적이 가능한 무거운 물자를 그들은 척척 들어 옮겼다.

뿐만 아니라 간략하게나마 들은 파워 슈트의 성능은 정말 로 영화에서나 볼 법한 것이었다.

그랬기에 한편으로 무척이나 부러운 마음도 들었다.

아무튼 김현중은 여러 가지를 고려해 애덤 홀드 소령에게 지킴이 PMC와 동행할 것을 제안했다.

한편, 애덤 홀드 소령은 어찌해야 할지 판단을 내리기가 쉽지 않았다.

비록 동맹국 국기를 달고 있다고는 하지만, 그로서는 전 혀 들은 바가 없는 내용이었다.

그저 낯선 군함이 엘키란에 정박해 있기에 정보를 알기 위해 왔다가 엉뚱한 일에 휘말린 것이다.

사실 포스리콘은 미군 내에서도 무척이나 은밀한 집단이다.

해병대만의 특수부대인 포스리콘이 한국군에 노출되었으니, 아마도 복귀한 뒤 자신은 징계를 받을 것이 분명했다.

그나마 저 뒤로 보이는 한국군의 새로운 군함에 대해 정보를 알아낸다면 정상참작이 될지도 모르겠지만, 어찌 되었든 이번 일은 개인적으로 손해가 막심한 터였다.

이번 작전만 마치고 나면 진급이 유력시되었는데, 어쩌면 진급에 누락이 될지도 모르겠다는, 엉뚱한 생각을 하는 애덤 홀드 소령이었다.

부릉!

"출발한다. 전속력으로 엘퀴레인로 향한다."

하역 작업이 끝나자 지킴이 PMC 마크가 선명하게 찍힌 방탄 차량들이 시동을 걸고 출발을 준비하고 있었다.

지킴이 PMC의 장갑 차량은 미국의 스트라이커 장갑차와 많이 흡사하였다.

다만, 스트라이커 장갑차보다 조금 더 차체가 낮고 상부에 다목적 미사일 포트가 장착되어 있다는 점이 달랐다.

물론 모든 차량에 미사일 포트가 설치되어 있는 것은 아니었다. 어떤 차량은 기관총과 미사일 포트가 혼용된 것도 있고, 또 어떤 것은 기관총만 있는 것도 있었다.

아무튼 스무 대의 장갑 차량이 엔진 시동을 걸고 있는데, 특이한 것은 그 소리가 무척이나 작다는 것이었다.

오히려 뒤쪽에 잇는 미군들이 타고 있는 JLTV의 엔진 소리가 더 커 지킴이 PMC들이 타고 있는 차량의 엔진 소리가 묻힐 정도였다.

"출발!"

선도 차량에 차고 있던 김주성 과장의 신호에 대기하고 있던 차량들이 빠르게 출발하였다.

지킴이 PMC와 미군의 차량들이 흙먼지를 일으키며 빠르게 엘키란을 빠져나가자 해군 제1기동 함대도 빠르게 항구를 벗어나 쿠웨이트 시로 북상하였다.

쾅! 쾅!

두두두득! 드르르륵!

엘퀴소와 엘퀴레인의 중간 지점에는 IS의 T—72 전차와 BMP들이 파괴되어 여기저기 뒹굴고 있었다.

시가지 곳곳은 치열한 전투의 흔적으로 건물들이 파괴되고, 또 화재로 검게 그을려 흉물스러운 모습을 보이고 있었다.

그런데 IS 병사들의 표정은 하나같이 두려움에 굳어 있었다.

그도 그럴 것이, 아무리 많은 동료들이 주변에 있어도 정작 그들은 별 도움이 되지 못했다.

어디에서 날아오는 것인지 알 수 없는 공격에 전차가 뒤흔들리고 BMP가 뒤집히고 있으니, 어찌 두렵지 않겠는가. 더욱이 간간이 보이는 중무장한 인형을 향해 공격을 가해도 끄떡 않고 되레 기관총을 발사하는 모습은 마치 코란에 나오는 악마의 군대를 연상케 하였다.

그러니 두렵지 않을 수가 없었다. 더군다나 적이 얼마나 되는지도 알지 못하는 상태에서 피해만 자꾸 늘어가니 IS 입장에서는 점점 지쳐 갈 뿐이다.

"지원군은 언제 오는 거야!"

압둘라는 온다는 지원군은 발끝도 보이지 않고 자신의 부하들만 죽어 나가자 흥분해 고함을 질렀다.

200대에 이르던 전차도 벌써 반 이상이나 파괴가 되었고, BMP도 그 못지않은 숫자가 파괴되었다.

그리고 BMP에 타고 온 대원들도 100여 명 이상 죽거나 중상을 입었다.

중상자 가운데는 살아날 가능성이 없는 이들이 대부분이었다.

그도 그럴 것이, 적의 무기가 무엇인지는 모르겠지만, 결코 일반적인 무기는 아니었다.

게다가 적들의 무기 또한 일반적인 무기는 아니었다. 정확히 무슨 무기인지는 알 수 없지만, 간간이 들리는 공격 소리는 기관포 소리와 거의 흡사했던 것이다.

크르르릉!

저 멀리서 전차의 궤도 굴러가는 소리가 들렸다.

고개를 돌린 압둘라의 눈에 서쪽 208번 도로를 타고 달려오는 대규모 전차 부대가 접근하는 모습이 보였다.

지원 온다고 하던 부대가 분명했다.

그런데 그 규모가 자신의 부대의 배 이상은 되어 보였다.

전차만 헤아려도 끝도 없이 먼지를 일으키며 달려오고 있으며, 그 뒤로 BMP 역시 상당히 많은 숫자가 눈에 띄었다.

"지원군이다!"

순간, 압둘라는 큰 소리로 고함을 질렀다.

알 수 없는 적의 공격에 잔뜩 주눅이 들고 두려움에 떨고 있는 부하들의 사기를 북돋기 위해서였다.

그런 압둘라의 의도가 통했는지 조금 전까지만 해도 건물 밖으로 총만 내밀고 소극적으로 총을 쏘던 부하들이 창밖으로 고개를 내미는 모습이 보였다.

투타타탕! 타탕!

아군의 증원에 힘입은 그들은 거침없이 총을 쏘아댔다.

"적의 정체는 밝혀졌나?"

IS 기갑군 제3여단장 오마르 알 아지즈는 엘퀴소를 지키고 있는 압둘라를 보며 물었다.

하지만 어디서 날아오는지도 모르는 포탄을 피해 보이지 않는 적과 교전하고 있던 압둘라는 순간 당황했다.

사실 벌써 교전을 벌인 지 한 시간이나 지났지만, 그럼에도 지금껏 적의 그림자조차 보지 못했기 때문이다.

그도 그럴 것이, 적이 발견되었다는 통신이 들어오기 무섭게 수화기 너머로 비명 소리가 들리고 더 이상 현장 상황을 들을 수 없었기 때문이다.

마지막 통신을 할 때 수화기 너머로 커다란 폭발 소리가 비명 소리와 함께 들렸기에 아마도 공격을 받아 무전병이 죽었을 것이라고 짐작할 뿐이었다.

그 때문에 아직 적과 교전을 하면서도 적의 정체나 숫자 등은 파악하지 못하고 있었다.

"그것이……."

압둘라가 자신의 질문에 확실한 답을 하지 못하고 얼버무리는 모습에 오마르는 분통이 터졌다.

"그것이 뭐란 말인가! 적의 정체가 뭐야? 미군이야!"

오마르는 화가 난 표정으로 얼굴을 붉히며 소리쳤다.

그런 오마르의 고함에 주변에 있던 오마르의 부하들이 고개를 돌려 이쪽을 쳐다봤다.

하지만 오마르는 전혀 신경 쓰지 않고 그저 압둘라만을 쳐다보았다.

솔직히 답답하기는 이제 막 도착한 오마르 여단장보다 자신이 더 답답한 상황이었다.

직접 적의 공세를 받아내면서도 정체를 알아내지 못했으니 오죽 답답했겠는가.

정말 자신의 심정을 누구에게 토로하고 싶은 심정인 것이다.

그렇다고 그런 속내를 눈앞의 오마르에게 말할 수도 없는 일.

그에게는 그 어떤 변명도 통하지 않는다는 것을 잘 알고 있는 압둘라였기에 가만히 호통을 들어야만 했다.

"현재 적의 정체를 알 수는 없습니다. 다만, 엘퀴소와 엘 퀴레인에 걸쳐 저희를 공격하고 있는데, 숫자는 많아 보이지 않습니다."

"적이 많지 않다? 그 근거는?"

오마르가 물었다.

"예. 적들의 공격 패턴이 일정하기 때문입니다. 한 장소에서 계속 공격을 퍼붓는 것이 아니라 한 번 공격한 뒤 잠시 공백이 이어지는데, 공격이 겹치는 것이 얼마 되지 않는 것으로 보아 적의 숫자는 열 명에서 최대 서른 명 내외일 것이라 판단됩니다."

"음……."

오마르는 압둘라의 대답을 듣고 잠시 고민에 빠졌다.

적의 숫자를 최소 열 명에서 최대 서른 명 내외로 예상하는 근거의 타당성을 생각하는 것이다.

그러면서 다른 한편으로는 고작 그 정도 숫자로 200이 넘는 기갑 전력에 우위를 점할 수 있는 적에 대하여 생각해 보았다.

'그 정도 숫자로 압도적인 우리 군대보다 우위를 점하고, 또 두려움에 떨게 할 만한 군대라니. 도대체 상대는 누구란 말인가.'

한참을 생각하던 오마르의 뇌리에 문득 뭔가 떠오르는 것이 있었다.

'설마 미국의 특수부대인가? 아니야, 아닐 거야. 그들이 이곳에 올 일이 뭐가 있겠는가.'

오마르는 오래전 미국의 육군 사관학교인 웨스트포인트에서 교육을 받을 때 떠돌던 소문을 기억해 냈다.

펜타곤에서 비밀리에 민간 연구 기관과 손잡고 군인들을 강화하는 실험을 한다는 것이었다.

약물을 이용해 근육과 신체 능력을 향상시키고 또 특수 슈트를 이용해 괴물과 같은 파워를 가지게 한다는 내용.

뿐만 아니라 또 다른 곳에서는 이들이 쓸 무기를 개발하고 있는데, 기존의 강력한 대형 무기를 인간이 사용할 수 있게 소형화한다는 이야기도 나돌았다.

강력한 무기와 약물로 강화된 군인이 특수 슈트를 입고

비밀 작전에 투입된다는 그 소문은 처음 웨스트포인트 내를 떠들썩하게 달궜지만, 어느 순간 쏙 사라졌다.

그 때문에 사관학교 학생들은 더욱 의문을 품었지만, 학교장의 명으로 유언비어를 퍼뜨릴 시 퇴학 조치를 취하겠다는 경고가 내려오면서 소문은 일단락되었다.

그런데 지금 이 순간, 그때 들었던 이야기가 떠오른 것이다.

'설마!'

너무도 황당한 이야기지만 현재로서는 그 생각이 가장 이 상황에 들어맞았다.

그런데 오마르는 그것을 알고 있을까?

그가 생각한 것이 정확하지는 않지만 얼추 맞고 있다는 것을 말이다.

정말로 소 뒷걸음질에 쥐를 잡은 격이었다.

그리고 설마 그러한 무기가 초강대국 미국이 아닌 대한민국에서 만들어졌을 것이라고는 어느 누구도 상상하지 못할 것이니, 오마르의 생각이 틀린 것만은 아니었다.

"부사장님."

"왜?"

"적에게 지원군이 온 것 같습니다."

사드 국왕과 왕족들을 경호하며 공중에 떠 있는 드론을 살피던 홍진호 과장은 방금 전 확인한 적 지휘부에 대한 내용을 들려주었다.

"그래? 그럼 지원군이 얼마나 돼?"

리철명은 IS의 지원군이 왔다는 말에 인상을 찡그리며 물었다.

리철명의 물음에 홍진호는 바로 대답하였다.

"못해도 지금 상대하던 전력의 세 배는 되는 것 같습니다."

그저 대략적으로 대답을 하였지만, 그 소리를 들은 리철명의 미간은 더욱 찌푸려졌다.

"젠장."

리철명이 IS의 지원군이 도착했다는 보고를 받고 있을 때, 수한은 현재 전투를 벌이고 있는 리퍼와 스파르탄들의 에너지 잔량을 체크하고 있었다.

전투를 벌이면서 에너지 소비가 많은 실드를 최대한 켜지 못하게 하면서 전투를 수행해 나갔음에도 남은 에너지는 얼마 되지 않았다.

이대로 전투가 계속된다면 리퍼와 스파르탄은 외부에 있는 파워팩의 에너지를 모두 소비하여 더 이상 특수 기능을 사용하지 못할 것이 분명했다.

그 말인즉, 더 이상 우위를 유지한 채 전투를 하지 못한다는 소리였다.

수한은 하는 수 없이 자신이 나서야 할 때가 되었다는 판단을 내렸다.

될 수 있으면 자신의 능력을 보이고 싶지 않았는데, 지금 상황으로서는 어쩔 수가 없었다.

애당초 실전 테스트를 곁에서 지켜본다는 명분으로 이들을 따라오기는 했지만, 왠지 불길한 예감도 들었기에 이들과 동행한 것이다.

아무리 첨단 장비로 무장을 했다지만 물량에는 당해낼 수가 없다는 것을 누구보다 잘 알고 있는 수한이었다.

막말로 현재 쿠웨이트 국왕과 그 가족들을 보호하는 임무만 아니라면 수한은 지킴이 PMC들에게 전투를 중단하고 몸을 피하라 명령했을 것이다.

하지만 지킴이 PMC는 현재 쿠웨이트 국왕과 계약을 한 상황.

최대한 그들을 지켜주어야 했다. 물론 그것이 IS가 쿠웨이트를 침공하기 전, 즉 지킴이 PMC가 쿠웨이트로 들어오기 전에 사건이 벌어지기는 했지만, 왕궁에 도착하면서 사드 국왕과 재차 약속을 했다.

비록 구두계약이기는 하지만, 마법사인 수한에게 말로서 한 약속은 계약서를 쓴 것과 다름없는 일이었다.

그렇기에 현재 상황에서 자신이 나서야 한다고 판단하였다.

자신의 능력이 외부에 알려진다고 해도 상관은 없었다.

그저 잠깐의 귀찮음을 감수하면 되는 문제였기 때문이다.

자신이 귀찮음을 감수하는 정도로 많은 사람들이 안전해질 것이기에 수한은 결심을 내렸다.

"리 부사장님."

수한이 리철명을 불렀다.

갑자기 자신을 부르는 목소리에 깜짝 놀란 리철명은 수한의 곁으로 뛰어왔다.

"무슨 지시할 것이라도 있으십니까?"

비록 자신보다 나이는 어리지만 수한의 능력에 감복한 리철명은 오래전부터 그를 진정으로 보스라 여기며 따르고 있었다.

그렇기에 말 한마디, 한마디가 조심스러웠다.

"직원들에게 연락해서 모두 복귀하라 하세요. 나머지는 내가 알아서 처리하겠습니다."

리철명은 수한의 말을 듣고 한동안 머릿속이 멍했다.

방금 전, 적에게 세 배나 되는 지원군이 도착을 했다는 보고를 받았는데, 지금 수한이 나서서 그들을 처리하겠다는 말을 하자 깜짝 놀란 것이다.

자신의 매형인 김갑돌에게 수한의 능력에 대해 들은 바가 있어 수한의 능력이 얼마나 대단한지 잘 알고 있지만, 그래도 이건 아니란 생각이 들었다.

"박사님, 방금 전 적에게 세 배나 되는 지원군이 도착했다고 합니다. 그런데 어떻게 그들을 상대하려고 그러시는 것입니까?"

걱정스런 마음에 수한을 말리고 보는 리철명이었다.

그런 리철명의 말에 수한은 살며시 미소를 지었다.

그의 말속에 자신을 걱정하는 마음이 담겨 있음을 느낄 수 있었기 때문이다.

"물론 가능하니 그런 말을 한 것입니다. 하지만 너무 요란하게 움직이면 남들의 시선을 끌 수 있으니 적당히 할 것입니다. 우리도 조만간 지원군이 도착할 테니, 그때까지만 버티면 될 것입니다."

수한은 리철명을 안심시키며 앞으로 나섰다.

한편, 수한의 갑작스런 행동에 곁에서 지켜보던 다른 지킴이 PMC 직원들의 눈이 휘둥그레졌다.

그동안 연구원 정도로만 알고 있던 수한이 자신들을 대신해 전투를 하겠다고 하니 놀란 것이다.

게다가 최강의 무력을 가지고 있는 리철명 부사장이 단호하게 말리지 않는 모습도 이들을 놀라게 하기에는 충분했다.

'이게 어떻게 된 일이지?'

"알겠습니다. 그럼 저희는 방어 준비를 하겠습니다."

"그러세요. 그럼 여기를 부탁해요. 전 적당히 적들을 혼란스럽게 한 뒤, 합류할게요."

수한은 그렇게 말을 하고 모습을 감췄다.

지킴이 PMC와 동행하면서 수한도 자신 전용의 파워 슈트를 입고 있었기에 수한이 모습을 감추자 지킴이 PMC나 리철명은 파워 슈트의 기능을 활성화시킨 것이라 여겼다.

하지만 사실은 그렇지 않았다.

수한은 텔레포트 마법을 이용해 자리를 이동한 것이었다.

그러니 그 사실을 모르는 리철명이나 다른 직원들은 파워 슈트의 기능 중 하나인 인비지빌리티를 활성화했다고 생각하는 것도 무리는 아니었다.

수한이 사라지자 리철명은 수한의 지시대로 전투를 벌이고 있는 직원들을 불러들였다.

"모두 전투를 중단하고 이곳으로 모인다. 보다 안전한 지대로 이동한 뒤, 지원팀이 오길 기다린다."

리철명은 그렇게 현장에 있는 직원들을 불러들이는 한편, 뒤에 안전한 곳에서 숨어 있는 사드 국왕과 왕족들에게 다가가 지금 상황을 설명하였다.

그리고 보다 안전한 곳으로 이동하기 시작하였다.

4.
반격의 준비

수한은 은밀하지만 빠르게 IS의 군대가 모여 있는 곳으로 이동하였다.

 자신이 얼마나 효과적으로 적들을 처리하느냐에 따라 후위에 있는 직원들과 사드 국왕을 비롯한 쿠웨이트 왕실 가족들의 안전이 확보되는 것이다.

 그렇기에 수한은 우선적으로 적의 지휘부를 교란시키기로 결심하였다.

 자신이 신형 파워 슈트를 테스트하기 위해 지시했던 것들이 적에게 많은 피해와 함께 공포를 심어주었다는 점을 이미 충분히 깨달은 상황.

수한은 적이 두려움을 극복하기 위해 한데 뭉치는 것을 확인했다.

동료들을 모아 세력을 키워 공포를 극복하는 IS의 모습을 보며 수한은 적의 수뇌부가 무슨 생각을 하는지 알 수 있었다.

'저들은 우리의 전력을 정확하게 파악하고 있지 못하군.'

두려움에 움츠러드는 적을 보며 수한은 조금 더 공포심을 심어주어야겠다는 결심을 하였다.

'그렇다면 조금 더 놀라게 해주는 것이 우리가 행동하기 좋겠군.'

결심이 선 수한은 은밀하게 이동하면서 IS의 전차와 BMP, 그리고 보병들을 눈에 보이는 족족 마법으로 처리하였다.

수한이 사용한 마법은 바로 전격(電擊) 마법이었다.

전격 마법 중에서도 아주 간단한 기초 마법인 라이트닝 볼트였지만, 마법 저항력이 전혀 없는 현대인들에게는 충분히 치명적이었다.

뿐만 아니라 IS가 보유한 T—72 전차나 BMP의 내부에 탑재되어 있는 포탄들이 전기에 무척이나 취약했기에 굳이 강력한 마법이 필요 없었다.

투명화 마법을 유지하면서 1클래스 기초 마법인 라이트닝 볼트 마법을 사용하는 일은 9클래스인 수한으로서 사실 그리 힘도 들지 않았다.

솔직히 남들 시선을 신경 쓰지 않고 능력을 사용하지 못할 바도 없지만, 그렇게 했다가는 강대국, 특히 미국이 가만있지 않을 것을 잘 알기에 될 수 있으면 능력의 사용을 자제하였다.

물론 낭중지추(囊中之錐)라고, 굳이 마법이 아니더라도 수한의 능력은 차고도 넘쳤다.

그랬기에 미국에서 공부를 할 때 CIA나 NSA 등 미국의 정보부에서 '미라클'이라는 코드명을 부여하며 감시한 것이다.

너무도 뛰어난 인재였기에 눈 밖으로 벗어났다가는 미국의 국익에 막대한 손해가 예상되는 바, 수한이 미국을 벗어나지 못하게 본인은 물론이고, 의붓어머니인 최성희까지 일거수일투족을 감시할 정도였다.

이러한 미국의 감시를 눈치챈 수한은 아무도 모르게 마법을 이용해 공항을 통과해 한국으로 돌아왔지만 말이다.

아무튼 우주 공간에 많은 감시위성을 띄워두고 다른 나라를 감시하는 미국이기에 수한은 최대한 자신을 감추며 살아왔다.

그렇지만 필요할 때는 굳이 자신의 능력을 숨기지 않고 사용하였다.

그나마 대놓고 사용하지는 않았기에 아무리 눈을 부릅뜨고 감시를 한다고 해도 수한의 능력을 아직까지 어느 나라도 알지 못하고 있다.

지금도 수한은 IS를 상대로 무분별하게 살상하고 있는 것이 아니었다.

철저하게 교란을 목적으로 움직이고 있기에 수한은 IS가 모여 있는 곳을 발견하면 지휘관이나 지휘 차량만을 파괴하였다.

그래야 남은 병력들이 더욱 두려워하며 혼란에 빠질 것이기 때문이다.

현대의 전쟁은 단순하지 않다. 그저 적을 살상하는 것이 목적이 아니라 최대한 많은 피해를 주면서도 감히 대항을 하지 못하게 적의 전력을 소비시켜야 한다.

때문에 전장에서 적을 죽이기보단 전투를 하지 못하게 부상을 입히는 것이 더 효과적이었다.

죽으면 그것으로 한 명분의 전투력이 손실될 뿐이지만,

부상을 입는다면 최소 두 명이 더 남아 부상자를 후방으로 이동시켜야 하기 때문이다.

만약 그때, 부상병을 전장에 그냥 방치하게 된다면 그것은 그것대로 아군의 사기를 저해하는 요인이 되기 때문이다.

그렇게 되면 당면한 전투에서는 승리할지 몰라도 그다음부터는 어느 누구도 적극적으로 전투에 임하지 않을 것이다.

그렇기에 현대의 전투에서는 적을 살상하는 것도 중요하지만 대체로 부상을 입히는 것이 전투의 승리를 위해 장려되는 바였다.

수한은 그런 현대전의 작전 개요를 잘 알기에 적 지휘관으로 보이는 이들이나 지휘관이 타고 있는 전차나 BMP 차량들만 골라 타깃으로 삼아 처리하고 있었다.

그 때문에 현재 전투를 벌이고 있는 IS 병력은 더욱 혼란에 빠지고 말았다.

지휘관의 적절한 지휘를 받지 못하면 어떤 군대든 오합지졸이 될 수밖에 없다.

더욱이 IS는 정상적인 군대가 아니라 IS가 표방하는 이상에 세뇌되어 세계 각국에서 몰려든 무슬림의 집합체였다.

즉, 종교에 심취한 광신도 내지는 사탕발림에 속아서 자신도 모르게 테러범이 된 사람들인 것이다.

그러다 보니 종교적 이념 외에는 그 어떤 것도 이들의 머릿속에 없었다.

상급자가 인도해 주지 않으면 이들은 그저 간단한 기초 군사훈련을 겨우 마친 오합지졸이 될 수밖에 없다.

수한은 그러한 사실을 알기에 몰래 암살을 할 수도 있음에도 일부러 부하들이 보는 앞에서 라이트닝 볼트 마법을 맞춰 죽여 나갔다.

라이트닝 볼트는 이름 그대로 전기로 된 구슬.

그러다 보니 효과도 그와 유사한데, 수한이 날린 라이트닝 볼트는 IS 병사들이 보기에 번개가 날아오는 것처럼 느껴졌다.

갑작스런 벼락이 자신의 상급자, 지휘관에게 떨어진다면 어떻게 생각하겠는가.

예로부터 번개는 신이 죄인을 벌할 때 사용하는 것이라 전해지는데, 자신의 지휘관에게 떨어지는 번개를 보면 아마도 정체성에 혼란을 겪지 않겠는가.

아무튼 수한이 지나간 자리에는 꼭 IS의 지휘관이나 지휘관이 타고 있던 차량이 파괴되었다.

"으악! 하심 소대장님이 신벌(神罰)을 받았다!"

방금 수한이 마법을 날리고 지나간 지 얼마 지나지 않아 그 주변에 있던 IS 병사의 입에서 당황한 고함 소리가 들렸다.

신벌이란 소리가 들리고 곧 주변에서 '알라'를 찾는 소리가 울려 퍼졌다.

수한은 그러한 소리를 뒤로한 채 계속해서 이동하며 눈에 띄는 지휘관을 노려 마법을 날려 댔다.

찌직!

— 으악!

쾅!

"거기 무슨 일이야!"

주변이 어수선해지고 차량 간 통신을 위해 설치되어 있는 무전기에서 다급한 목소리가 울려 나왔다.

— 중대장님! 지금 신벌이… 으악!

누군가에게 공격을 당한 모양인지 폭발 소리와 함께 무전이 뚝 끊겼다.

IS 전차 중대의 중대장인 나림은 뭔가 심상치 않은 기분을 느꼈다. 부하가 비명을 지르기 직전, 무전기 너머로 뭔가 이상한 소리가 들렸던 것이다.

처음에는 그것이 그저 무전 중 노이즈라고만 생각했는데, 지금 생각해 보니 그건 정상적인 노이즈가 아니었다.

마치 고압전선이 끊어졌을 때 스파크가 튀는 소리와 비슷했다.

더욱이 비명을 지르기 전, 신벌이라고 했던 것이 마음에 걸렸다.

나림은 바로 중대 공용 채널에 대고 경계를 강화하라는 명령을 내렸다.

"중대장이다. 현재 알 수 없는 적이 이상한 무기를 가지고 공격하고 있으니 당황하지 말고 이상한 점이 눈에 띄면 바로 공격하라!"

지시를 내린 나림은 바로 대대장인 압둘라에게 무전을 날렸다.

"대대장님, 2중대 중대장 나림 나스리입니다."

곧 무전기에서 대대장인 압둘라의 목소리가 들렸다.

— 무슨 일인가?

압둘라의 물음에 나림은 조금 전 부하들에게 전해진 무전

내용을 자세히 보고하였다.

그리고 자신이 중간에 들었던 이상한 소리도 언급하면서 현재 상황을 알렸다.

"의문의 적이 지휘관들을 노리고 암살을 하고 있습니다."

— 알겠다.

압둘라는 중대장인 나림의 보고를 듣고 자신의 앞에 있는 연대장 오마르를 쳐다보았다.

"또 다른 적이 나타나 지휘관들을 죽이고 있다는 것인 가?"

"그렇다고 합니다."

"알겠다. 공용 채널을 열고 다른 부대에도 저격수가 나타나 지휘관들을 노리고 있다는 것을 알려라."

"알겠습니다."

압둘라는 연대장 오마르의 지시에 바로 무전을 날렸다.

하지만 그 순간에도 수한은 IS의 지휘관이나 위협이 될 소지가 있는 IS의 전차와 BMP들을 보이는 족족 암살하거나 파괴하였다.

미국 백악관.

대통령은 지금 NSC 위원들이 집무실에서 안보 회의를 하고 있었다.

이들이 지금 회의하고 있는 안보 주제는 바로 IS의 쿠웨이트 침공 소식에 대해서였다.

사실상 소 잃고 외양간 고치는 격이기는 했지만.

쿠웨이트 왕실에서는 오래전부터 IS가 침공해 올 것이란 사실을 알리며 병력 파병을 요청했다.

그렇지만 미국은 더 이상 빼먹을 것이 없다는 생각에 쿠웨이트의 요청을 한 귀로 듣고 흘리고 말았다.

대신 IS가 흘린 거짓 정보에 속아 이라크 수도 바그다드를 지키기 위해 바쿠바에만 몰두하였다.

그런 미국 정부 수뇌부들의 판단을 비웃기라도 하듯 바쿠바에는 IS는 물론이고, 그 흔한 시위대조차 보이지 않았다.

IS 기갑 전력의 거의 전부라 할 수 있는 아부살만의 기갑 부대가 쿠웨이트를 침공했다는 사드 국왕의 직통 전화를 듣고 나서야 자신들의 속았다는 것을 깨달을 수 있었다.

결국 모든 일이 일어나고 난 후에야 긴급하게 사우디에

있는 해병대에 연락하여 구출 작전을 지시하였다.

하지만 이 자리에 있는 NSC 위원들은 물론이고, 미국 48대 대통령인 존 슈왈츠도 이미 대처하기엔 늦었음을 잘 알고 있었다.

존 슈왈츠는 작년 실시된 선거에서 민주당 후보인 캐서린 클라라 후보를 가까스로 제치고 재선에 승리하였다.

캐서린 클라라는 존 슈왈츠 대통령의 실정을 하나하나 짚어 여론 몰이를 하며 슈왈츠 정부가 적자에 허덕이는 미국 경재를 부양하지 못했다고 공격하였다.

장기간 계속된 IS와의 전쟁으로 경재가 살아나지 못했던 탓이다.

그럼에도 존 슈왈츠는 그 IS와의 전쟁 때문에 여성 후보가 대통령에 당선되면 그동안 잘 막아오던 전쟁에서 패배할 것이라며 반전을 시도하였고, 그것이 통해 재선에 성공할 수 있었다.

그도 그럴 것이, 캐서린은 외국과의 전쟁보다 미국 국내 경제 회복과 복지에 더 많은 관심을 기울이는 인사였다.

그 때문에 많은 지지자를 얻었지만, 반대로 미국인들의 머릿속에 뿌리 깊게 박혀 있는 월남전 패배에 대한 콤플렉스를 미처 생각지 못했다.

미국은 건국 이래 외국과 많은 전쟁을 해왔다. 영국으로부터 독립하였을 때부터 근대에 이르러 발생한 세계대전에서도 연합국을 도와 동맹국을 물리치고 승전국이 되었다.

그러다 2차 세계대전 당시 전란을 피해 수많은 과학자와 부호들이 안전한 미국으로 이주를 하면서 미국은 엄청난 발전을 거듭하게 되었다.

2차 세계대전이 끝난 뒤, 세계는 러시아를 주축으로 하는 공산주의 진영과 미국을 중심으로 뭉친 민주주의 진영으로 나뉘어 경쟁하게 되었다.

그리고 아시아에서 공산주의와 민주주의의 이념 대립이 폭발하며 한국에서 전쟁이 터졌다.

공산주의의 총본산인 소련이 부동항을 갖게 된다면 미국으로서는 큰 위기를 겪을 수도 있다는 판단에 민주주의 국가인 대한민국을 지원하였다.

하지만 중국의 참전으로 한반도에서 벌어진 전쟁은 끝내 휴전하기에 이르렀다.

한국전 이후 미국은 위기감을 느끼고 더 이상 공산주의 국가가 나타나는 것을 막기 위해 세계 각국의 분쟁에 참여하기에 이르렀다.

그리고 베트남에서 다시 한 번 두 이념이 대립하는 전쟁이 발생하였다.

베트남 전쟁은 미국에게 뼈아픈 상처를 남겼다.

엄청난 예산을 투입하고도 월맹군에 밀려 미국은 패배를 선언하였다.

그동안 세계 최강이라 자부하던 미국이 아시아의 작은 나라에 패배를 한 것이다.

그 때문에 미국인들의 가슴속에는 커다란 상처가 남게 되었다.

캐서린 후보는 이런 미국인의 가슴속 상처를 망각한 채 경쟁자인 슈왈츠 대통령과 경쟁을 했고, 그 대가로 대선에서 패배한 것이다.

아무튼 IS와의 전쟁 때문에 슈왈츠는 재선에 성공하였지만, 게릴라전을 펼치는 IS와의 분쟁을 10년이 넘도록 끌고 있었다.

그래서 백악관에서는 CIA를 비롯한 각종 정보 조직을 총동원해 IS를 뿌리 뽑기 위해 애를 썼다.

한데 그런 와중에 IS가 이라크 해방이란 명분으로 바그다드를 총공격할 것이란 정보를 수집하게 된 것이다.

이런 배경 때문에 백악관이나 IS를 상대하기 위해 파견되어 있던 동맹군 사령부는 IS가 쿠웨이트를 침공할 것이란 정보를 배제시켰다.

그런데 결과는 바그다드를 공격한다는 정보는 거짓이었고, 자신들이 별로 중요하지 않다고 생각했던 IS의 쿠웨이트 침공이 사실로 드러났다.

그럼에도 정보 분석관들에게만 책임을 물을 수도 없는 것이, 사실 IS의 쿠웨이트 침공은 사실상 불가능한 일이었기 때문이다.

IS의 기갑군이 주둔하고 있던 모슬에서 쿠웨이트까지 가려면 1,000㎞ 이상의 거리가 존재했다.

더욱이 그 길은 잘 포장된 고속도로가 아닌, 한 걸음만 딛어도 발이 푹푹 빠지는 사막의 모래가 펼쳐진 길이었다.

뿐만 아니라 대규모 기갑군이 미국의 거미줄 같은 첩보망을 피해 장거리 이동을 한다는 것은 불가능에 가까운 일이었다.

그렇기에 정보 분석 전문가나 책임자들은 IS의 쿠웨이트 침공 가능성을 제로로 보았던 것이다.

그런데 IS가 그 불가능한 일을 해냈다.

전차만 무려 3,000대가 동원되었고, 보병을 실은 BMP

도 1,500대가 동원되었다.

현실적으로 쿠웨이트에 침공한 IS의 병력을 단기간에 몰아낼 방도가 없었다.

지금은 이라크의 독재자, 후세인이 쿠웨이트를 침공했던 1990년과 너무도 다른 조건이었다.

그렇기에 예전 '사막의 폭풍' 작전과 같은 대규모 전투를 치를 수가 없었다.

물론 굳이 하려고 하면 못할 것도 없겠지만, 현재 미국의 사정으로는 조금 힘든 처지였다.

IS를 처리하기 위해 이미 이라크 작전에 엄청난 예산이 투입된 상태였기 때문이다.

쿠웨이트에 있는 IS 전력을 처리하기 위해선 가용 예산이 부족한 상황이었다.

이 때문에 슈왈츠 대통령은 발등에 불이 떨어진 셈이었다.

한순간의 방심으로 IS에게 쿠웨이트를 넘겨주게 될 판국이었기에.

다른 것을 다 떠나서라도 쿠웨이트에 있는 미국 기업의 사업체는 어떻게든 지켜야만 했다.

그들이 바로 슈왈츠 대통령를 지지하는 기업들이기 때문

이었다.

대통령이라고 해서 왕과 같은 위치에 있는 것은 아니다.

지지 세력을 모집하고, 기부금을 받아 유세에 나서고 선거를 치러 대통령에 당선되면, 그동안 자신에게 도움을 준 이들에게 반대급부로 보상을 해줘야 한다.

슈왈츠 대통령에게는 쿠웨이트에 진출한 석유화학 기업들이 바로 그 후원자였던 것이다.

"국장, 현재 쿠웨이트는 어떤 상태인가?"

슈왈츠 대통령은 CIA 국장을 쳐다보며 쿠웨이트의 정확한 상황을 물었다.

말론 국장은 조금 전 위성 감시 센터에서 보고해 온 쿠웨이트의 상황을 설명하였다.

"현재 쿠웨이트는 아부살만의 기갑 부대가 쿠웨이트의 2/3를 장악한 상태입니다. 비록 쿠웨이트 군이 저항하고 있지만, 너무도 압도적인 IS의 기갑 군단의 전력 앞에서는 시간문제입니다. 곧 그들도 항복을 할 것으로 보입니다."

"그게 사실입니까? 그럼 쿠웨이트에 있는 우리 기업들은 어떻게 되는 것이오?"

말론 국장의 설명에 국무 장관인 제이슨 본이 물었다.

제이슨 본은 사퇴한 리노 레이놀즈를 대신해 국무 장관에 오른 인물로, 존 슈왈츠 대통령이 재선에 성공하면서 계속해서 함께 내각을 꾸려 나가고 있었다.

　"예. IS의 공격에 쿠웨이트가 넘어가기 직전이기는 하지만, 다행스럽게도 쿠웨이트 사드 국왕과 왕실 가족들은 침공 직후 바로 왕성을 빠져나와 아직 무사하다고 합니다."

　"누가 쿠웨이트 국왕과 그 가족들의 생사를 물었습니까? 쿠웨이트에 진출한 우리 기업들의 안전은 어떻게 되었는지 묻고 있지 않습니까?"

　제이슨 본 국무 장관은 자신의 질문에 엉뚱한 대답을 하는 말론 국장의 말에 화를 내며 윽박질렀다.

　다른 이유가 있어서가 아니라 힘의 우위를 보이기 위해서였다.

　원칙적으로는 국무 장관인 그의 힘이 더 강한 것이 당연한 수순이었다.

　하지만 정보를 다루는 CIA 국장이란 직책을 맡고 있는 말론에게 좀처럼 위세를 보이지 못한 그인지라 현재 꼬투리를 잡아 큰소리를 치는 것이다.

　전 국무 장관이었던 리노 레이놀즈 때만 해도 그를 지지하는 세력이 더 커 말론 국장도 감히 그에게 고개를 들고 말을 할 수 없었지만, 현재 힘의 구도는 많이 바뀌어 있었다.

때문에 리노 레이놀즈가 낙마하고 그 후임으로 들어온 제이슨 본 국무 장관은 아직까지 그 지지 기반이 무척이나 약했다.

더욱이 그에게는 치명적인 약점이 있는데, 그것은 바로 여자를 너무도 밝힌다는 것이었다.

그런 약점을 미국 내 존재하는 정보 부서들은 모두 가지고 있었다.

이미 방송에서 몇 차례 나갈 정도로 그는 약점이 많았지만, 그래도 자신의 위치를 잘 알고 또 언변이 능해 스캔들이 터질 때마다 미꾸라지처럼 잘 빠져나가 지금의 자리에 앉게 되었다.

뭐, 사실은 그의 뒤에 존 슈왈츠 대통령이 있었기에 무사할 수 있는 것이었지만 말이다.

아무튼 말론 국장은 갑자기 큰 소리로 호통을 치는 제이슨 본 국무 장관의 말에 살짝 얼굴이 붉어졌다.

화는 나지만 억지로 눌러 참다 보니 그렇게 된 것이다.

"장관님의 말씀이 무슨 뜻인지 잘 알고 있습니다. 하지만 설명을 모두 듣고 말씀해 주셨으면 좋겠습니다."

말론 국장은 억지로 화를 참으며 말을 이었다.

"현재 쿠웨이트 국왕과 왕실 가족들은 일단의 병력과 함께 쿠웨이트 왕궁을 빠져나와 행방불명인 상태입니다. 하지만 아직까지 IS 측에 붙잡혔다는 정보는 없습니다. 그리고……."

현 쿠웨이트 사태를 설명하던 말론은 잠시 말을 멈추고 주변을 살폈다.

안보 회의(NSC)에 참석한 위원들의 얼굴을 둘러본 그는 다시 말을 이어갔다.

"쿠웨이트 국왕만 살아 있다면 IS가 쿠웨이트를 장악한다고 해도 문제가 없습니다. 예전 1990년에 이라크가 쿠웨이트를 점령했을 때처럼 되찾을 수 있습니다. 그리고 아부살만의 군대를 피해 도피 중인 쿠웨이트 국왕과 그 가족들을 구출하기 위해 사우디에 있던 해병대 특수부대인 포스 리콘이 이미 출동한 상태입니다."

NSC 위원들은 말론 CIA 국장의 이야기를 듣고 나서야 안도의 한숨을 내쉬었다.

말을 듣기 전에는 IS의 기갑 부대의 대규모 침공에 쿠웨이트가 속수무책으로 당하는 것은 아닌가 하는 걱정을 했다.

물론 쿠웨이트에 대한 걱정은 전혀 없었다.

말 그대로 쿠웨이트에 진출한 미국 기업들이 걱정이 됐을 뿐이다.

쿠웨이트에 진출한 미국 기업 모두가 공화당 지지자들이며, 1년마다 엄청난 기부를 했다.

그러니 그들의 사업체를 걱정하지 않을 수 없는 것이다.

한편, 말론 국장의 이야기를 듣던 벤자민 콜튼 국방부 장관은 뭔가 골똘히 생각에 잠겨 있었다.

그는 리지 오스왈도 전 국방부 장관의 후임으로 장관 자리에 오른 인물로, 리지 오스왈도 국방 장관이 온건파였다면, 벤자민 콜튼은 강경파에 속하는 인물이었다.

그랬기에 현재 지지부진한 IS와의 전쟁 상황에 무척이나 심기가 불편한 상태였다.

게다가 IS가 퍼뜨린 거짓 정보에 속아 많은 예산이 허비되었다는 것에도 무척이나 화가 났다.

매년 줄어드는 예산으로 인해 미군은 예전의 위용을 상실한 지 오래였다.

그 때문에 감히 아시아의 퇴물이 감히 세계 최강인 미국을 위협할 정도까지 따라붙고 말았다.

벤자민 콜튼은 그런 사실이 마음에 들지 않았다. 오래전 자신의 선배들이 이룩했던 영광을 다시 한 번 되찾고 싶었다.

그래서 반대의 목소리가 높던 IS와의 전쟁에 대해서도 강력히 주장하며 지금까지 끌어온 것이다.

그가 아니었다면 아마도 IS는 진즉에 국가로 인정을 받았을지도 모를 일이었다.

아무튼 벤자민 콜튼은 생각을 하던 것을 중단하고 회의실에 앉아 있는 NSC 위원과 대통령을 둘러보았다.

그러고는 뭔가 결심을 한 것인지 손을 들어 발언권을 얻었다.

"뭔가?"

"이것이 어쩌면 기회일 수도 있습니다."

난데없는 벤자민 국방 장관의 말에 대통령과 회의장에 있던 NSC 위원들 모두가 호기심 가득한 눈으로 그를 쳐다보았다.

자신에게 시선이 집중되자 벤자민 콜튼은 품고 있던 생각을 말하기 시작하였다.

"비록 우리가 적의 기만술에 넘어가 엉뚱한 곳에 시간과 예산을 낭비하기는 했지만, 현재 IS 군은 전력이 분산되어 있습니다."

벤자민 국방 장관은 중동 지도를 펼쳐 보이며 현 상황에 대한 표시를 하기 시작하였다.

그리고 바쿠바에 주둔 중인 미군과 동맹군의 전력과 그 위쪽에서 대치하고 있는 IS 세력의 배치도를 켜 NSC 위원들에게 보여주었다.

그런 후, 쿠웨이트를 침공한 아부살만의 기갑 군단을 따로 표시하였다.

처음 배치도를 볼 때만 해도 자리에 있는 NSC 위원들은 벤자민 국방 장관이 하고자 하는 말의 핵심을 파악하지 못했다.

하지만 말론 CIA 국장과 아서 헤밀턴 NSA 국장은 벤자민 국방 장관의 뜻을 깨달을 수 있었다.

쿠웨이트를 침공해 거의 점령한 것이나 다름없는 아부살만의 기갑 군단은 IS 세력 중에서도 정예이며, 또 IS 전체 전력의 1/4나 차지하는 엄청난 군세였다.

그런데 미군과 동맹군의 전력은 IS의 세력권과는 엄청나게 먼 곳에 따로 떨어져 있던 것이다.

그러니 만약 지금 아부살만의 군대를 전멸시킬 수만 있다면, 지금까지 IS의 거짓 정보에 속아 허비한 예산을 충분히 만회할 수 있었다.

더욱이 이참에 아부살만의 기갑 군단을 처리한다면 동맹군을 위협할 만한 기갑 전력이 사실상 사라지는 셈이었다.

비록 낙후된 3세대 전차이긴 하지만 각종 개량을 통해 화력만큼은 동맹국 지상군에 충분한 위협이 되었다.

그러니 아부살만의 기갑 군단만 사라진다면 지금보다 훨씬 쉽게 IS를 상대할 수 있을 것이며, 그동안 예산만 소모하던 양상을 뒤집을 수 있을 것이란 생각도 들었다.

"그러니까 국방 장관의 말은 따로 고립되어 있는 아부살만의 군대를 이번 기회에 처리하자는 말인가?"

"그렇습니다. 지금이 아주 좋은 기회라 생각합니다."

존 슈왈츠 대통령은 벤자민 콜튼 국방 장관의 말에 귀가 솔깃하였다.

그 역시 계속되는 전쟁이 그리 썩 달갑지는 않았는데, 생각해 보니 그것도 나쁘지 않다는 생각이 들었다.

지지부진한 전쟁 때문에 미국 내에서 반전 시위가 종종 벌어지고는 있지만, 한편으로는 IS의 납치 참수 동영상이 올라오면서 반전 시위의 기세가 수그러들고 있었다.

하지만 그렇다고 오랜 전쟁을 반기는 국민들은 없었다.

그런 상황에서 미국에 커다란 승리를 가져온다면 어떻게

될지 상상이 절로 되었다.

사실 미국인들이 반전 시위를 하는 이유는 달리 있었다.

별다른 성과도 없이 오랫동안 전쟁이 계속되면서 악화되는 경제 상황에 지친 탓이었다.

그런데 생각지도 않은 곳에서 대승을 한다면 어떻게 될 것인가. 분명 미국인들은 승리에 열광할 것이고, 자신의 지지율은 치솟을 것이다.

그런 판단을 내린 슈왈츠 대통령은 벤자민 국방 장관의 제안이 마음에 쏙 들었다.

"그럼 장관이 계획을 세워보시오."

"알겠습니다."

대통령의 허락이 떨어지자 벤자민 콜튼 국방 장관은 바로 대답하였다.

그리고 그와 같은 강경파들은 입가에 살며시 미소를 지었다.

IS와 전쟁을 치르는 데 있어 NSC 내에서도 강경파와 온건파가 나뉘는데, 온건파에는 국무 장관을 비롯한 비서실장과 안보 수석, 부수석이 있었다.

그에 반해 강경파로는 부통령과 국방 장관을 비롯한 NSA 국장과 CIA 국장이 있었다.

다만, 대통령이 이전과 다르게 중도 노선을 걷고 있기에 지금까지 별다른 마찰 없이 정책이 흘러왔는데, 오늘 대통령인 존 슈왈츠가 강경파의 손을 들어준 것이다.

"그런데 작전에 들어가는 예산은 어떻게 할 것입니까?"

존 슈왈츠 대통령이 강경파의 손을 들어주자 국무 장관인 제이슨 본이 제동을 걸었다.

아무리 NSC의 정책이라고 하지만 만일 상원에서 예산 집행을 수락하지 않는다면 작전을 펼칠 수 없었다.

현재 국회의 사정은 그렇게 밝지 못했다.

벌써 20년 가까이 전쟁을 계속하고 있는 상태이다 보니 국회에서는 어떻게든 예산을 줄이기 위해 국방부가 입안하는 정책들을 어쩔 수 없는 경우에만 승인해 주고 있었기 때문이다.

제이슨 국무 장관은 그런 이유로 상원을 들먹이며 조금 전 국방 장관이 한 제안에 재고할 것을 건의하였다.

"그건 염려할 것이 없습니다. 계속된 전쟁으로 인해 현재 국내 군수산업체들은 활황을 걷고 있습니다. 그리고 우리에게는 일본이 있지 않습니까?"

미국의 동맹 중 영국 다음으로 가장 잘 맞는 파트너는 바로 일본이었다.

전통적 동맹인 영국도 때론 자국의 이익을 위해 미국과 대립을 하지만, 일본은 그렇지 않았다.

미국이 원한다면 자신들의 손해를 감수하고서라도 미국의 손을 들어주었다.

비록 그 속내는 잘 알 수는 없지만, 자신들에게 잘 보이기 위해 많은 것들을 양보를 하는 나라가 바로 일본이란 나라였다.

그렇기에 벤자민 콜튼은 이번 작전에 일본을 끌어들일 계획이었다.

물론 그러기 위해선 일본에도 던져 줄 먹이가 있어야 하겠지만, 그런 것은 많았다.

먹이를 주면 꼬리 흔드는 개마냥 일본은 미국에게 있어 그저 말 잘 듣는 애완견에 불과했다.

벤자민 국방 장관의 대답을 들은 제이슨은 고개를 흔들 수밖에 없었다.

더 이상 벤자민 국방 장관의 주장을 반대할 만한 명분이 없기 때문이었다.

그렇게 미국이 새롭게 작전을 계획하고 있을 때, 쿠웨이트에서는 엄청난 일이 벌어지고 있었다.

◆　　　◆　　　◆

　쾅! 슈웅! 투투투투!

　엘퀴소에 주둔 중인 IS의 기갑 부대는 알 수 없는 적을
맞아 난전을 거듭했다.

　상대의 위치를 모르니 무턱대고 화력을 쏟아붓는 중인 것
이다.

　그로 인해 인근 건물들이 애꿎은 총탄에 부서져 나갔
다.

　건물이 파괴되면서 그 안에 숨어 있던 사람들이 압사당하
기도 하고, 부상을 입기도 하였다.

　하지만 그런 무지막지한 공격에도 정작 지킴이 PMC들
은 아무런 피해도 입지 않았다.

　표적도 확인하지 않고 무턱대고 갈겨 대는 공격에 당할
수한과 지킴이 PMC 직원들이 아니었다.

　게다가 지킴이 PMC들은 이미 엘퀴소에 주둔한 IS의 군
대 중 인접해 있는 병력은 모두 전멸시킨 상태였다.

　그래서 지금 그들은 아무런 피해도 입지 않았다.

　중간중간에 세워진 건물들에 막혀 IS 병력의 공격이 전
혀 닿지 않기 때문이었다.

"후속대는 언제나 도착한다고 합니까?"

IS의 지휘관들을 처리한 수한은 지킴이 PMC와 쿠웨이트 왕실 가족들이 있는 곳으로 돌아와 물었다.

그러자 의뢰인들을 보호하고 있던 리철명 부사장이 조금 전 통화 내용을 들려주었다.

"예. 조금 전 리만철 상무와 통화를 하였는데, 계획대로 엘키란에서 내려 출발했다고 합니다."

"그래요? 그럼 이곳까지 오는 데 얼마나 걸릴 것이라고 합니까?"

그런 수한의 질문에 엘키란과 이곳 엘퀴소까지의 거리를 가늠하고는 대답하였다.

"중간에 변수만 없다면, 한 시간 정도면 합류할 수 있을 것이라 예상됩니다."

수한은 고개를 끄덕였다. 그러다 뭔가 생각이 났는지 다시 한 번 물었다.

"참, 사드 국왕과는 이야기를 해보았나요?"

"예. 이야기를 나눠보았는데, 사드 국왕도 저희의 계획에 긍정적인 반응을 보였습니다. 다만, 저희와 해군 제1기동전단만으로 그것이 가능한지에 대해서는 의문이 드는 것 같습니다."

사드 국왕이 작전에 긍정적인 반응을 보이면서도 의문을 갖는다는 말에 수한도 고개를 끄덕였다.

사실 그렇지 않겠는가. 전차 3,000대와 BMP 1,500대, 그리고 BMP에 타고 온 15,000명의 보병을 일개 PMC(민간 군사 기업)와 해군 한 개 전단이 몰아내겠다는 데 누가 의심을 하지 않겠는가.

하지만 그것은 구성이 어떤가에 따라 달라지는 문제였다.

사드 국왕이 의심을 하는 부분은 일개 민간 기업인 지킴이 PMC에 그만한 전력이 있느냐는 것이었다.

사드 국왕은 대한민국 해군 제1기동 전단의 전력은 전혀 의심하지 않았다.

그도 대한민국 해군의 위상은 익히 들어 잘 알고 있기 때문이었다.

예전 그는 대한민국의 국군의 날 행사에 초청되어 군인들의 열병식을 참관한 적이 있었다.

그때 받은 충격은 사드 국왕의 뇌리에 아직도 남아 있었다.

그랬기에 리철명이 쿠웨이트를 침공한 IS의 기갑 군단을 몰아내기 위한 새로운 의뢰를 제안하며 대한민국 군대와 협력한다는 말에 긍정적인 반응을 보인 것이다.

그렇지만 그것과 다르게 지킴이 PMC의 능력에는 의문을 표했다.

왕궁을 빠져나오며 지킴이 PMC가 보여준 능력은 참으로 놀라웠다.

하지만 그것도 한계는 있었다. 상당한 전력이지만 숫자에서 너무도 열세였고, 또 후속 부대가 어느 정도의 전력인지도 지금으로서는 알 수가 없기 때문이었다.

"사드 국왕이 의심하는 것은 아마도 우리가 가진 능력일 것이니, 후속 부대가 도착하여 우리가 가진 전력을 확인한다면, 우리의 제안을 받아들일 것입니다."

수한의 말에 리철명도 고개를 끄덕였다.

수한은 사드 국왕이 무엇 때문에 망설이는지 짐작할 수 있었기에 그것에 대해선 별말하지 않았다.

솔직히 누가 보더라도 쉽게 승낙할 만한 일은 아니었다.

세계 최강이라 불리는 미국도 동맹을 끌어들여 IS를 상대했지만, 10년, 아니, 20년 가까이 전쟁을 치르면서도 그들을 물리치지 못했다.

IS와 공방을 주고받으며 일진일퇴(一進一退)를 거듭할 뿐이었다.

더욱이 IS는 테러를 자행하면서 해당 국가의 국민들이 적극적으로 전쟁을 지지하지 못하게 하는 등 집요하게 미국과 동맹국들을 괴롭히고 있었다.

때문에 사드 국왕은 미국도 이뤄내지 못한 일을 장담하는 지킴이 PMC에 대해 의문을 가지는 것이었다.

5.
포위망을 벗어나다

부웅! 끼익!

킹 파하드 빈 앰덜 아지즈 로드를 달리던 일단의 차량들이 멈춰 섰다.

그들은 쿠웨이트의 사드 국왕과 그 가족들을 보호하기 위해 출발한 선발대를 지원하기 위한 지킴이 PMC의 후속대와 미 해병대 특수부대인 포스리콘의 병력이었다.

"다시 한 번 설명을 하겠다."

리만철 상무는 무전기를 들고 지킴이 PMC 직원들에게 작전 설명을 하기 시작하였다.

"우리의 임무는 IS와 교전하는 것이 아니라 고립되어 있는 선발대와 의뢰인들의 안전을 확보하는 것이다."

리만철은 선발대가 쿠웨이트 왕족들과 함께 쿠웨이트 시를 빠져나오는 과정에서 엘퀴소에 고립이 되었다는 소식을 들었다.

그래서 후속대는 자연스레 임무를 변경할 수밖에 없었다.

IS를 쿠웨이트에서 몰아내는 것보다 일단 선발대와 함께 있는 의뢰인들을 구출하는 것이 선행되어야 하기 때문이었다.

물론 그건 지킴이 PMC의 후속대와 합류한 미국의 포스리콘도 마찬가지였다.

포스리콘도 동맹국의 수장인 사드 국왕을 구출하기 위해 출동하였으니, 지킴이 PMC의 작전 계획을 거부할 이유가 없었다.

세계 최강이자 해병 중의 해병이란 자부심을 가지고 있는 그들이 작전의 주체가 되지 못한 것이 못내 마음에 걸리긴 했지만 말이다.

만약 포스리콘의 지휘자가 다른 인물이었다면 막무가내로 작전 지휘권을 휘두르려 했겠지만, 애덤 홀드 소령은 그러지 않았다.

그동안 많은 비밀 작전을 수행하면서 한 번의 실패도 없었을 정도로 상황 파악이 빠른 그였다.

어차피 자신들에게 명분도 없을뿐더러, 3,000대에 이르는 전차와 1,500대의 BMP, 그리고 보병 15,000명 속에 고립된 쿠웨이트 국왕과 그 가족들을 무사히 구출한다는 것은 자신들만으로는 어려운 일이라 생각한 것이다.

애덤 홀드 소령이 그런 판단을 한 근거에는 지킴이 PMC 개개인이 착용한 장비 탓도 있었다.

그들은 펜타곤 직속 특수부대인 T—렉스에 보급됐다고 알려진 파워 슈트를 기본 장구로 착용하고 있었던 것이다.

애덤 홀드 소령이나 포스리콘 대원들은 그것을 보고 깜짝 놀랐다.

분명 이들의 정체가 PMC라 했는데, 갖추고 있는 무력은 일개 PMC가 가지고 있을 범위를 넘어서 있었기 때문이다.

그래서 처음에는 지킴이 PMC가 사실은 한국이 특수부대를 은폐하기 위해 위장을 한 것이 아닌가 하는 의심까지 했다.

하지만 이야기를 통해 이들이 정말로 한국군과 관계가 없는 민간 기업이란 것을 알게 되었을 때는 놀람을 넘어 두려움을 가질 정도였다.

국가의 무력에 근접하는, 아니, 어떤 면에서는 그 범위를 넘어서는 무력을 가지고 있는 사설 군대를 누군가 개인이 보유하고 있다고 생각하니 뒷골이 어찔했기 때문이다.

만약 지킴이 PMC가 사익을 위해 어떤 행동을 했을 때, 이들을 막을 수 있는 국가나 단체가 있을지 의문이 들 정도였다.

더군다나 이들 개개인은 한때 세계 각국의 정부 요인이나 군 지휘관들을 골치 아프게 만든 북한의 특수부대 출신들이라고 했다.

아무튼 애덤 홀드 소령은 이번 기회에 뒤에서 지킴이 PMC들의 능력을 파악하기로 결심을 하고 부하들에게 하나도 놓치지 말고 꼼꼼히 살피라는 명령을 내려두었다.

포스리콘의 본래 주 임무는 적진 깊숙이 침투하여 적의 정보를 아군에게 전달하는 것이다.

그러니 비록 지킴이 PMC가 적은 아니라지만 미래에 어떻게 만날지 모르는 존재이니 일단 정보를 확보하려는 것이었다.

"그러니 교전을 최소한으로 하며, 킹 파하드 빈 앰덜 아지즈 로드를 기준으로 엘퀴소와 프나이티즈 지역의 IS 병력을 모두 소탕한다."

리만철 상무는 IS가 대규모 지원군을 보낸 사실을 아직 알지 못하기에 초기 정보를 기반으로 작전을 지시하고 있었다.

비록 두 지역이긴 하지만 IS 병력이 얼마 없을 것이라 예상한 것이다.

리만철 상무의 지시에 지킴이 PMC 직원들은 장갑 차량을 열 대씩 나눠 엘퀴소와 프나이티즈로 갈라졌다.

그리고 지킴이 PMC와 움직임을 함께하던 포스리콘의 JLTV도 열 대씩 나뉘어 그 뒤를 따라갔다.

◆　　◆　　◆

슝! 쾅!

왕궁을 탈출한 쿠웨이트 왕족들을 잡기 위해 길목을 차단하고 있던 IS 병력은 갑자기 뒤에서 날아든 공격에 깜짝 놀랐다.

대규모 지원군이 와서 안도의 한숨을 쉬고 있던 차에 어디에서 날아드는지 알 수 없는 상대의 공격은 날벼락과도 같았다.

그 때문에 잠시 안도하던 IS 군은 또다시 두려움에 떨어야 했다.

사실 IS 기갑 군단은 처음 쿠웨이트를 침공할 때만 해도 자신감이 충만하였다.

그러나 전투가 계속되면서 그런 자신감은 사라진 지 오래였고, 그들의 머릿속엔 적에 대한 두려움만이 가득 차 있었다.

분명 적의 규모가 얼마 되지 않다는 것을 알고는 있지만, 직접 적을 상대하는 것은 또 다른 문제였던 것이다.

적의 모습이 보이지 않을뿐더러, 멀쩡히 잘 있던 옆의 동료가 픽픽 쓰러지니 그 두려움은 뭐라 말로 할 수 없을 정도였다.

"반격을 해! 뭐하고 있나?"

압둘라는 갑작스런 기습에 멍하니 당하고만 있는 부하들을 보며 고함을 질렀다.

아무리 지원군과의 합류를 위해 잠시 작전지역을 벗어나 뒤로 전선을 물렸다고는 하지만, 경계도 하지 않고 있다가 기습까지 당한 것이 무척이나 화가 났다.

차라리 지원군이 오지 않았다면 이렇게까지 당하지 않았을지도 몰랐다.

대규모 지원군이 온 것 때문에 잠시 정비를 위해 전선을 내렸더니, 부하들이 아예 주변 경계까지 하지 않고 정비를 했던 것이다.

물론 자신도 그런 부하들을 둘러보지 못한 책임이 있지만, 압둘라의 머릿속에는 그런 자신의 잘못은 전혀 들어 있지 않았다.

상관이 지켜보고 있는 상태에서 계속 적에게 당하는 모습만 보여주고 있어 이성적인 판단을 하지 못하는 것이었다.

"저들은 어디서 나타난 것인가?"

한편, 부하들을 지원을 나온 오마르는 압둘라의 부하들이 공격당하고 있는 모습에 고개를 갸웃거리며 물었다.

분명 적은 엘퀴소의 한 블럭으로 숨어들었다.

그런데 지금 적은 앞이 아닌 뒤에서 기습을 해오고 있었다.

그 말인즉, 적에게도 지원군이 도착했다는 의미였다.

빠르게 판단을 내린 오마르는 긴급하게 부하들에게 무전을 날렸다.

"적의 후속 부대가 도착했다. 1대대는 지금 공격하고 있는 적의 오른쪽으로 돌아가고, 2대대는 현 상태에서 3대대를 지원한다. 그리고 4대대는 적이 사드 국왕과 합류하지 못하게 길을 차단하고 대기한다."

오마르는 일단 숨어든 적보단 새로 나타난 적의 지원군을 차단하는 것이 우선이라는 판단 아래 신속하게 지시를 내렸고, 그런 상관의 명령에 부하들은 분주하게 움직였다.

"전차들이 적을 공격할 때, BMP는 4대대를 보조하기 바란다."

오마르가 이것저것 지시를 내리자 이곳 엘퀴소 지역 담당자였던 압둘라는 멍하니 그 모습을 지켜보았다.

그도 그럴 것이, 자신이 잠시 당황해 제대로 된 지시를 내리지 못하고 있는 와중에 3여단장인 오마르는 상황을 정확하게 파악하여 대응을 하고 있기 때문이었다.

드르륵! 콰과과과! 펑!

오마르의 명령이 떨어지기 무섭게 3여단 예하 BMP들이 엘퀴레인 방향에서 기습을 가해온 지킴이 PMC와 미 해병대 소속 포스리콘을 향해 공격을 시작하였다.

반격을 시작하기는 하였지만, 사실 정확하게 적을 겨누고 발사하는 공격이 아니었다.

그저 적의 측면으로 돌아가는 아군을 지원하기 위한 사격이었다.

쾅! 콰쾅! 타타타타!

엘퀴소와 엘퀴레인 사이의 208번 도로를 경계하고 있는 IS 전차와 BMP를 발견한 지킴이 PMC 후속대는 기습을 감행하였다.

최대한 적의 시선을 끌어야 프나이티즈로 돌아가는 팀이 엘퀴소에 고립되어 있는 선발대와 수월하게 합류할 수 있기 때문이었다.

현재 선발대와 교신을 한 결과, 선발대의 전력은 이제 거의 바닥이나 마찬가지였다.

만약 적이 전면전을 벌였다면 선발대와 의뢰인들은 무사하지 못했을 테지만, 다행히도 아직 아군의 전력을 확인하지 탓에 무사할 수 있었다.

하지만 그것이 언제까지 이어질지는 알 수 없는 일이었다. 때문에 리만철 상무는 최대한 빠르게 2팀이 선발대와 합류할 수 있도록 적의 시선을 끌어야만 했다.

적의 시선을 끄는 데에는 기습만 한 것이 없었다.

방심하고 있던 상황에서 기습을 받게 된다면 적은 당황할 수밖에 없고, 또 상황 파악을 하지 못하는 공황 상태에 빠지게 된다.

그렇게 되면 아군은 시간을 벌게 되고, 또 그만큼 안전을 확보할 수 있을 것이다.

"최대한 적의 시선을 끌어야 한다. 알갔나?"

리만철은 장갑차에 설치되어 있는 코일건을 발사하며 헤드셋을 이용해 다른 단차에 무전을 날렸다.

지킴이 PMC들이 타고 있는 KF—300 장갑차는 세 가지 타입이 있는데, 30㎜ 기관포와 7.62㎜ 기관총으로 무장한 기본형과 기본형에 다목적 휴대 미사일(게이볼그) 네 기와 50㎜ 코일건을 장착한 A형, 그리고 기본형에서 50㎜ 코일건을 빼고 다목적 휴대 미사일 여덟 기를 장착한 B형 등이 있다.

대한민국은 한반도를 통일함으로써 넓어진 국경선 때문에 골머리를 앓고 있었다.

게다가 2027년에 중국으로부터 동북 3성을 넘겨받게 되면 국경선이 현재보다 세 배 이상 넓어질 예정이었기에 더욱 근심이 컸다.

아무리 군 현대화를 이뤘다고는 하지만 넓어진 국경을 효과적으로 방어를 하기 위해선 기존에 보유하고 있는 장비만으로는 효과적으로 중국이나 러시아를 막아내기엔 역부족이기 때문이었다.

그래서 한국 정부는 군 장비의 업그레이드를 천명하였다.

기존의 K—200 장갑차는 K—3 백호와 보조를 맞추기엔 너무도 열악했다.

그래서 새로운 지원 장갑 차량이 필요해진 육군은 천하 디펜스에 의뢰를 하였다.

그들은 기존 K—200 장갑차의 기동성에 K—2 흑표에 준하는 장갑 방어력에 도심 시가지 전투에 적합한 다목적 장갑 차량을 원했는데, 이런 육군의 요구에 천하 디펜스는 라이프 메디텍 연구소에 의뢰하게 되었다.

아니, 라이프 메디텍 연구소장이자 K—3 백호를 개발한 수한에게 의뢰했다는 표현이 맞을 것이다.

군이 요구하는 장갑차의 성능은 어떤 면에선 기존의 상식을 뒤집는 엄청난 것이었기 때문이다.

어린 시절 SF 애니메이션에나 등장할 법한 무기를 군이 요구했기 때문이다.

그렇지만 수한은 이런 것을 모두 수용하는 장갑 차량을 1년도 되지 않아 설계하였다.

어차피 차량의 장갑은 K—3 백호를 개발하면서 완료를 마친 상태였고, 부족한 방어력은 플라즈마 실드 발생 장치로도 충분하였다.

그리고 무기 체계도 완성이 되어, 현재 있는 것들을 조금만 개량하면 되는 것이었다.

수한은 컴퓨터로 설계한 것들을 조합하여 시뮬레이션을 돌려보았고, 적합하다는 생각이 들자 바로 생산에 들어갔다.

육군은 아직까지 기본형만 주문한 상태이고, A형과 B형은 실전 테스트가 끝나지 않아 주문하지 않았다.

하지만 지킴이 PMC는 기본형만으로는 쿠웨이트의 의뢰를 수행할 수 없다는 판단에 전격적으로 A형과 B형을 주문하여 무장하였다.

중동의 현지 사정을 잘 알고 있는 지킴이 PMC 경영진은 자신들의 병력에 비해 IS나 알카에다와 같은 이슬람 테러 단체들의 화력이 강력하다는 생각에 두 가지 타입 모두 주문한 것이다.

그랬기에 지금 지킴이 PMC 후속 부대는 A형과 B형만으로 구성이 되어 있었다.

그리고 지금 리만철 상무가 타고 있는 KF—300은 기본무장에 미사일 네 기와 50㎜ 코일건을 무장한 A타입이었다.

리만철 상무의 지시를 받은 지킴이 PMC 직원은 50㎜

코일건을 조작하여 측면으로 돌아 포위하려는 적 전차를 향해 공격을 감행하였다.

비록 IS의 T—72 전차는 50㎜ 포탄에 파괴될 정도로 형편없지는 않지만, 가까운 거리에서 강력한 전자기력으로 발사되는 50㎜ 코일건에는 견딜 수가 없었다.

전차의 무서운 점은 화력이나 단단한 방어력뿐만 아니라 빠른 기동성도 한몫한다.

강력한 화력과 방어력, 그리고 기동성을 갖춘 전차는 무척이나 위협적인 전쟁 도구다.

그런데 여기서 기동성을 잃게 된다면 전차는 위협적인 무기에서 위험하지만 손쉬운 표적이 될 수도 있다.

KF—300 장갑 차량에서 발사된 50㎜ 코일건은 측면을 돌아 공격을 하려던 IS의 T—72을 잡았다.

아무리 단단한 전차라 해도 가까운 거리에서 발사되는 50㎜ 코일건에는 견디지 못한 채 쉽게 파괴되었고, 운 좋게 조준이 빗나가 궤도가 끊어진 T—72 전차는 기동 중 멈추는 바람에 KF—300의 또 다른 무기인 다목적 미사일에 먹이가 되었다.

좁은 도심에서 시가전을 치르던 중 전차가 도로 한가운데 돈좌(頓挫)되는 바람에 IS의 전차들이 원활하게 기동을 할 수가 없던 것이다.

지킴이 PMC의 직원들은 군 생활을 최소 10년 이상 한 사람들이었다.

그러다 보니 누가 어떻게 지시를 하지 않아도 표적 우선 순위를 잘 알고 있는 이들이었다.

그들은 가장 가까운 곳에서 나타난 전차에 첫 사격을 하고, 또 적이 도망치지 못하게 후미에 있는 적을 파괴해 길목을 막았다.

그리고 그런 지킴이 PMC들과 보조를 함께하고 있던 포스리콘은 그런 지킴이 PMC의 전투를 빠짐없이 기록하였다.

한편, KF—300 장갑차의 대기실에 타고 있던 지킴이 PMC 직원들은 중간에 내려 건물로 이동하였다.

그들은 건물 내부에 민간인이 있으면 안전한 곳으로 대피시킨 후, 자리를 잡아 IS의 보병들을 상대하였다.

IS의 보병을 상대하다가도 전차나 BMP에 탑승하고 있는 IS의 승조원들이 보이면 바로 저격하였다.

비록 지킴이 PMC들이 저격총을 가지고 있지는 않지만, 파워 슈트의 바이저와 연계된 조준장치로 인해 가까운 거리에서는 저격총 못지않은 위력을 발휘하였다.

특별히 저격총을 이용하면 더욱 먼 거리에서도 저격이 가능하지만, 현재 전투가 벌어지고 있는 전장은 쿠웨이트 시내였기에 그렇게까지 고성능의 저격총은 필요 없었다.

아무튼 차량에서 내린 지킴이 PMC들은 능숙한 솜씨로 IS 군을 처리하기 시작하였다.

장갑에 보호 받지 못하는 IS 군은 총소리와 함께 여지없이 목숨을 잃었다.

"맛 좀 봐라!"

일부 지킴이 PMC들은 소총뿐 아니라 휴대용 미사일도 가지고 있었는데, 이들은 IS의 전차가 보이면 미사일을 이용해 공격을 하였다.

그러나 쉽게 쉽게 적을 처리하는 와중에도 지킴이 PMC 직원들은 지금의 상황이 당황스러웠다. 적이 예상보다 너무 많았기 때문이다.

아무리 죽여도 적의 숫자가 아군보다 압도적으로 많았다.

수한을 비롯한 지킴이 PMC 선발대가 저지선을 뚫기 위해 파괴한 IS의 전차와 BMP가 100여 대에 이르고, 지킴이 PMC 후속 부대가 기습으로 처리한 IS의 전차와 BMP도 상당하였다.

그럼에도 이곳 엘퀴소 일대에 있는 IS의 전차와 BMP는 그동안 파괴된 것들의 배는 넘게 남아 있었던 것이다.

1950년 한국전 당시 인해전술(人海戰術)을 펼치는 중공군을 맞아 싸운 연합군이 느꼈을 법한 감정을 지금 지킴이 PMC와 포스리콘이 다시 한 번 느끼고 있었다.

물론 그때와 사정은 다르지만 말이다.

어찌 되었든 가지고 있는 전력은 한계가 있기에 IS의 시선을 붙잡기 위해 노력하고 있는 후속 1팀은 전투가 힘들어질 것 같은 예감이 들었다.

지킴이 PMC 선발대는 후속 부대가 출발한다는 소식을 들은 뒤, 의뢰인인 사드 국왕을 비롯한 왕족들과 엘퀴소 1블럭 구석에 몸을 숨긴 채 단단하게 진지를 구축하였다.

고립된 자신들을 구출하기 위해 출발한 후발대 도착하기까지 한 시간여가 필요하지만, 시간은 충분하였다.

사나운 IS 군에게 자신들의 힘을 보여주었기에 감히 함부로 도발하지는 못할 것이라 생각했기 때문이다.

사실 IS 군이 희생을 무릅쓰고 밀고 들어온다면 자신들로서도 막을 수는 없었을 것이다.

무려 500대가 넘어가는 전차에 100여 대의 BMP와 보병들은 결코 적은 전력이 아니기 때문이다.

다행히 적은 자신들이 자신하는 전차와 BMP가 파괴되자 지레 겁을 집어먹고 감히 도발하지 못했다.

거기에 수한이 간간이 적진에 침투하여 지휘관들을 죽이고, 또 리퍼를 착용한 지킴이 PMC 간부들이 저격까지 해댔다.

오마르와 압둘라가 공격 명령만 내리면 지휘관들을 사냥을 하듯 저격을 해 대니, IS 군으로서는 상관의 명령에 전전긍긍할 수밖에 없었다.

명령을 따르자니 적이 너무 무섭고, 그렇다고 명령을 듣지 않자니 그 또한 두려웠다.

IS 내부에서는 현재 미국과 그 동맹국들을 상대로 치르는 전쟁을 지하드(성전)라 명명하고 있다.

이런 성전에서 상관의 명령을 따르지 않는다는 것은 자신이 무슬림(알라에 귀의한 자)라는 사실을 부정하는 행위로, 죽어도 신의 땅에 갈 수 없다는 소리였다.

그러니 오마르와 압둘라의 명령을 받은 IS 병사들은 진퇴양난에 빠질 수밖에.

이러한 사실을 적절히 이용해 방어를 하던 지킴이 PMC

는 조금 전 후발대가 인근에 도착했다는 무전을 받았다.

우왕좌왕하고 있는 IS 군의 뒤를 급습하여 선발대와 합류한 지킴이 PMC 후발대는 순식간에 1블럭 전역을 확보하였다.

일대에는 IS 군이 여전히 많이 있었지만, 위협이 되는 전차와 BMP를 우선으로 파괴하는 KF—300 장갑차의 기습 공격에 엘퀴소 1블럭에 있던 IS 군은 지리멸렬하고 말았다.

"단결!"

선발대와 합류한 후발대 2팀장 최진철 과장은 리철명 부사장을 보며 경례를 하였다.

"단결! 그래, 제때 와줬구만!"

리철명의 말처럼 후발대 2팀이 적당한 시간에 고립된 선발대와 합류하였다.

"일단 이곳을 벗어나 엘 줄라이아까지 후퇴한 뒤 정비한다."

새로 합류한 지킴이 PMC가 막강한 화력을 가지고 있다지만 IS의 쿠웨이트 침공군 전체를 상대할 정도는 아니었다.

이곳 엘퀴소 일대를 포위한 오마르의 3여단 병력조차 감당하기 어려운 상황.

지금이야 생각지도 못한 기습에 당황하고 있지만, 조금만 시간이 지나면 자신들의 적이 생각보다 숫자가 적다는 것을 깨닫고 반격을 해올 것이다.

그러니 적이 정신을 차리기 전에 빠져나가야 한다.

"알겠습니다. 바로 준비하겠습니다."

최진철 과장은 바로 대답한 뒤, 자신의 팀을 이끌고 자리를 잡았다.

그리고 아직까지 정신을 차리지 못하는 IS 군을 향해 공격을 재개했다.

혹시라도 뒤에 따라올 쿠웨이트 국왕과 왕족들이 타고 있는 차량이 피습당할지도 모르기 때문이다.

투투투투! 쾅! 쾅!

IS 군과 그들의 포위를 빠져나가려는 지킴이 PMC의 전투로 인해 주변 건물들이 파괴되고 있었다.

쾅!

"병신같이 다 잡은 고기를 놓치다니!"

IS 쿠웨이트 침공군 사령관인 아부살만은 조금 전 엘퀴소에서 벌어진 전투 결과를 보고 받고 고함을 질렀다.

처음 엘퀴소에 의문의 적이 저지선을 뚫기 위해 기습했다는 보고를 받았을 때, 바로 그들이 사드 국왕과 왕족들을 보호하고 있는 이들이라 생각하고 지원군을 보냈다.

이미 그 지역에는 100여 대의 전차와 BMP가 길목을 지키고 있었지만, 다급한 무전에 추가로 500대의 전차와 BMP를 지원하기까지 했다.

그런데도 목표를 놓쳤다고 하니 치밀어 오르는 화를 주체할 수가 없었다.

만약 3여단장과 부대장이 눈앞에 있었다면 목을 쳐버리고 싶은 심정이었다.

무려 전차만 600대가 동원되었다. 전차 600대에 BMP, 그리고 보병까지 생각을 하면 3여단장과 처음 그 지역을 담당하던 지휘관은 처벌이 불가피했다.

더욱이 쿠웨이트를 온전하게 점령하는 데 결정적인 역할을 할 사드 국왕을 놓친 것은 치명적인 실수였다.

현재 쿠웨이트 시를 자신들이 점령했음에도 사드 국왕의 요청으로 미국이 언제 쿠웨이트에 전력을 투사할지 모르는 상태가 되었다.

사실 IS의 쿠웨이트 침공의 핵심은 사드 쿠웨이트 국왕의 신병을 확보하는 것이었다.

국왕을 사로잡는 도중 그가 죽게 된다면 차선으로 왕족 중 한 명을 앞세워 쿠웨이트가 IS에 항복을 하는 형식으로 이번 전쟁을 마무리하려고 계획을 세웠는데, 사드 국왕이 포위망을 벗어나면서 실패로 돌아가고 만 것이다.

IS는 이번 쿠웨이트 침공 작전을 하기 위해 많은 예산을 사용하였다.

미국의 눈을 속이기 위해 많은 스파이들이 거짓 정보를 흘렸다.

그 과정에서 피치 못하게 많은 IS의 전사들이 미국과 그 동맹국의 첩보 기관에 노출이 되었다.

그들 속에 숨어 지하드에 도움을 주던 이슬람 전사들이 많은 희생을 무릅쓰고 공작을 펼쳤는데, 결과가 이 지경이 되자 아부살만은 부아가 치밀었다.

"이게 말이 되느냐 말이야! 어떻게 했기에 전력의 1/10도 되지 않는 적에게 당할 수 있느냐 말이다!"

누구에게 하는 소리인지 알 수는 없지만, 아부살만은 정말이지 방금 전 받은 보고를 이해할 수가 없었다.

아무리 차분하게 전과(戰果)를 되짚어 봐도 도저히 자신의 상식으로는 이해할 수도 설명할 수도 없었다.

그랬기에 지금 이렇게 혼자 넋두리를 하듯 허공에 대고 화풀이를 하는 중이었다.

한편, 그런 사령관을 지켜보는 아부살만의 보좌관은 현재 이 자리가 좌불안석(坐不安席)이었다.

저렇게 혼자 중얼거리다 언제 자신에게 저 화의 불똥이 튈지 모르기 때문이다.

자신의 화를 혼자 삭이는 법이 없는 아부살만의 성질을 누구보다 잘 알고 있는 보좌관은 제발 이대로 그가 넘어가길 바랄 뿐이었다.

하지만 그런 보좌관의 바람은 수포로 돌아가고, 자신을 보는 사령관의 눈빛은 잔인한 살기로 번뜩였다.

"오마르에게 끝까지 추적해 적들을 끝장내라고 해! 만약 그러지 못했을 때는 내가 직접 목을 쳐버리겠다 전해!"

아부살만은 살기를 풍기며 그렇게 명령하였다.

"예, 알겠습니다."

자신에게 불호령이 떨어지지는 않았지만, 방금 전 명령에서 살기가 뚝뚝 떨어졌기에 듣고 있는 것만으로도 살이 떨렸다.

대답을 하고 보좌관은 방을 황급히 빠져나갔다.

현재 IS의 쿠웨이트 침공군이 사령부를 차린 곳은 쿠웨이트의 국왕이 오전까지 집무를 보던 왕궁이었다.

끝까지 쿠웨이트 군이 아부살만의 군대를 막아보려 애를 썼지만, 전력 차이가 심해 더 이상 버틸 수가 없었다.

아무리 IS가 보유한 T—72 전차보다 뛰어난 M1 전차를 보유했다지만, 1/10에 불과한 전력으로는 침공군을 막을 수 없었다.

◆　　　◆　　　◆

엘퀴레인 3블럭, IS 기갑 군단 3여단 주둔지.

오마르의 3여단은 킹 파하드 빈 앰딜 아지즈 로드 동쪽으로 208번 국도에 저지선을 펼쳐 놓고 있었다.

원래는 2여단 소속의 압둘라가 자신의 부하들을 데리고 저지선을 지키며 쿠웨이트 시를 빠져나가려는 이들을 통제하고 있었다.

그런데 쿠웨이트 왕궁을 빠져나온, 국왕 일행으로 보이는 자들과 전투를 벌이면서 오마르의 3여단이 지원을 온 것이다.

처음엔 정확한 적의 숫자나 전력을 알 수 없었기에 오마르의 3여단에 지원 요청을 한 것이지만, 나중에 적이 강력한 화력에 비해 숫자가 적다는 것을 깨닫고 차분하게 진압하기 시작했다.

그런데 갑작스레 나타난 적의 기습으로 다 잡은 먹이를 놓치고 만 것이다.

그 때문에 오마르의 심기도 무척이나 좋지 못했다.

IS 군 최고 엘리트 집단인 기갑 군단의 여단장 오마르의 프라이드는 IS 내에서도 알아주었다.

그런데 식은 스프를 먹는 것보다 더 쉬울 것이라 여겨지던 작전을 실패하였으니, 그의 이력에 오점이 생긴 셈이다.

만약 이런 사실이 IS 내에 알려진다면 그동안 그가 쌓아온 것들이 모두 사상누각(沙上樓閣)이 되어 무너질 것은 불을 보듯 뻔했다.

쾅!

"병신 같은 것들! 다 잡은 고기를 놓치다니!"

쿠웨이트 왕궁의 아부살만이 쿠웨이트 국왕을 놓친 것을 두고 그와 압둘라를 욕하고 있을 때, 우연찮게도 오마르 또한 똑같이 욕을 하고 있었다.

사실 오마르의 롤 모델이 바로 상관인 아부살만이었기 때문인지 두 사람 다 성격이 똑같았다.

공을 탐하며 명예욕이 강하고, 또 부하들의 실수에 대하여 단호했으며, 적에 대하여 잔인할 정도로 집요한 구석이 있었다.

그리고 작전에 실패한 부하에 대해선 결코 용서가 없었다.

다만, 아부살만이 부하인 오마르와 다른 점은 그래도 실패에 대한 책임을 물을망정 기회는 준다는 것이었다.

하지만 오마르는 달랐다. 부하가 자신의 명령을 제대로 수행하지 못했을 때는 본보기로 처형을 하였다.

그것이 중요한 명령이든 그렇지 않든 자신의 권위를 무너트렸다는 생각에 그렇게 가혹한 처벌을 하는 것이다.

만약 압둘라가 자신의 직속 부하였다면 아마 사드 국왕을 잡지 못한 책임을 물어 처형했을 테지만, 다행히 압둘라는 오마르의 직속 부하가 아니었다.

그 때문에 작전 실패에 대한 책임에서 어느 정도 벗어나 있었다.

다만, 사드 국왕이 저지선을 돌파한 것에 대한 앙금이 두 사람 사이에 남아 있었다.

서로 책임을 전가하는 와중에 압둘라도 직속상관은 아니지만 지원을 제대로 하지 못한 3여단에 대하여 불만을 품었다.

그렇게 쿠웨이트를 침공한 IS 군 내부에는 보이지 않는 균열이 가고 있었다.

"충성!"

"충성!"

오마르가 주둔지 본부에 혼자 실패를 곱씹고 있을 때, 그의 부관이 집무실로 들어오며 경례를 하였다.

그런 부관의 모습에 인상을 찡그리며 물었다.

"그래, 무슨 일이야?"

자신의 휴식을 방해하는 부관의 모습이 별로 달갑지 않았기 때문에 나오는 대답은 무척이나 건조했다.

"예, 상부의 명령입니다."

상관이 기분이 나쁘게 말했다고 자신도 그렇게 받아칠 수는 없는 것이기에 부관은 조금 전 무전을 받은 내용을 전달하였다.

그런 부관의 말에 손을 내밀었다.

오마르의 손에 건네진 것은 쿠웨이트 왕궁에 있는 아부살만의 명령서였다.

끝까지 추적해 적을 섬멸하고, 쿠웨이트 국왕이나 쿠웨이트 왕족의 신병을 확보하도록!

간단한 명령문이지만, 그것을 받아 든 오마르의 표정은 굳어 있었다.

조금 전 쿠웨이트 국왕 일행을 놓친 것에 대해 분노하던 것도 잠시. 사드 국왕을 호위하던 적의 전투력을 떠올리자 걱정이 앞섰다.

자신들의 포위망을 뚫고 퇴각하는 적들의 숫자는 별로 많지 않았다.

겨우 40여 대의 장갑차와 쿠웨이트 국왕 일가가 타고 있는 방탄 차량 여섯 대 정도가 전부였다.

자신들을 위협할 요소는 40여 대의 장갑차와 장갑차에 탑승했던 군인들 중 중화기를 든 20여 명뿐이었다. 한데 오마르의 3여단은 그런 적을 막지 못했다.

더욱이 오마르는 적이 퇴각하자 속으로 안도의 한숨을 쉬었다.

물론 그것은 그만의 비밀이지만, 주변을 둘러보았을 때 그런 생각을 한 것은 비단 자신뿐만이 아님을 알 수 있었다.

용맹한 알라의 전사인 자신의 부하들이 단 한 번의 전투로 적에게 두려움을 느끼고 있던 것이다.

잠시 동안 적이 퇴각할 때의 생각을 하던 오마르는 상부의 명령에 즉각적으로 지시를 내렸다.

두렵다고 명령을 거부할 수는 없는 일 아니겠는가.

그리고 조금 전 겪은 적의 전력으로 보아, 현재 자신들이 보유한 전력을 총동원하여 들이친다면 충분히 승산이 있을 것이란 생각이 들었다.

적의 기습으로 130여 대의 전차와 86대의 BMP를 잃었지만, 아직 자신의 밑에는 370대의 전차와 95대의 BMP가 남아 있었으니 말이다.

전력은 충분했다. 다만, 적이 어디에 머물고 있는지 아직 정보가 없기에 준비를 해야만 했다.

"사령관께서 우리의 실수를 만회할 기회를 주셨다."

오마르는 잠시 하던 말을 멈추고 숨을 고른 다음 말을 이었다.

"적이 사우디로 넘어가기 전에 잡는다. 전군에 출동 준비를 하라고 해!"

"알겠습니다."

상관의 명령에 아지즈는 대답을 하고 명령을 전달하러 뛰어갔다.

"이번엔 꼭 잡고 만다."

오마르는 방을 나가는 부관을 보며 그렇게 중얼거렸다.

자신의 실수를 만회하기 위해 마음을 다잡았다.

◆　　　◆　　　◆

줄라이아 호텔 펜트하우스.

IS의 침공으로 왕궁을 빠져나온 사드 국왕과 왕족들은 지킴이 PMC의 도움으로 무사히 포위망을 뚫고 이곳 줄라이아에 도착하였다.

IS의 기갑 군단의 힘이 이곳까지는 미치지 못하고 있었다.

아부살만의 기갑 부대는 사드 국왕과 왕족들을 붙잡기 위해 쿠웨이트 시를 포위하는 데 역량을 기울이고 있기 때문에 이곳에는 아무런 조치를 취하지 않았던 것이다.

그 때문에 대한민국 제1기동 전단은 엘퀴란을 떠나 이곳 줄라이아에 베이스캠프를 꾸렸다.

후속대가 선발대와 의뢰인들을 구출해 오면 안전하게 지낼 공간이 필요했기 때문이다.

똑! 똑!

호텔 펜트하우스 정문에 노크 소리가 들리고 안으로 들어서는 인물이 있었다.

펜트하우스 안으로 들어선 사람의 정체는 바로 쿠웨이트의 국왕인 사드 압둘 아살람 아살바의 동생인 사리드 왕자였다.

"형님, 부르셨습니까?"

쿠웨이트의 총리인 사리드 왕자는 자신을 급히 찾는다는 시종의 말에 가족들과 휴식을 취하고 있다 급하게 형님인 사드 국왕이 머물고 있는 펜트하우스로 왔다.

"그래, 내 의논할 것이 있어 불렀다."

"의논할 것이요?"

자신과 의논할 것이 있다는 형의 말에 사리드는 고개를 갸웃거렸다.

현 시점에서 총리인 자신과 의논할 것이라면 딱 한 가지뿐이었다.

본래대로라면 이런 논의를 하는 자리에는 국가 부서 장관을 역임하고 있는 형제들이 자리하고 있어야 하지만, 급하게 차린 집무실인 만큼 모두 참석하기는 힘들었다.

"그래, 지금쯤이면 IS에 의해 왕궁도 점령이 되었을 것이다."

"예."

사리드 왕자는 형님이자 국왕인 사드의 말을 조용히 경청하였다.

"다행히 우리와 계약했던 한국의 지킴이 PMC에서 위기를 알고 빠르게 달려와 무사할 수 있었다. 그런데……."

이어지는 사드 국왕의 말은 현재 자신과 쿠웨이트 왕족들이 처한 상황을 객관적으로 분석을 한 이야기였다.

즉, 1990년에 이라크의 침공 때 그랬던 것처럼 누군가의 도움을 받아야만 한다는 사실이었다.

많은 예산을 들여 마련했던 군은 이번 IS의 침공으로 지리멸렬하고 말았다.

다행이라면 왕실의 자산이 외국의 은행에 예치되어 있다는 사실이었다.

물론, 그 재산만으로도 남은 평생 동안 떵떵거리고 살 수도 있을 것이다.

하지만 그렇게 되면 왕족으로서의 자존심은 버려야만 한다. 사드 국왕은 절대 그럴 수 없었다.

어떻게든 1990년에 그랬듯 자신의 왕국을 되찾고 싶은 마음뿐이었다.

"네 생각은 어떠냐? 이번에도 미국이 우릴 도와줄 것이라 생각하느냐?"

사드 국왕은 총리인 사리드 왕자에게 단도직입적으로 물었다.

사리드 왕자는 잠시 생각하다 대답하였다.

"비록 우리의 요청을 거절하기는 했지만, 나중에 특수부대를 파견하여 저희를 도우려 한 것으로 보아 요청을 한다면 도움을 줄 것입니다. 하지만 1990년, 그때와는 상황이 다릅니다. 저희는 이제 미국에 줄 것이 별로 없습니다."

1990년에 이라크의 침공으로 나라를 빼앗겼을 당시, 쿠웨이트의 석유 채굴권을 가지고 있던 나라는 영국과 프랑스였다.

하지만 미국과 연합국이 쿠웨이트를 불법 점거했던 이라크를 몰아낸 뒤로는 상황이 바뀌어 석유 채굴의 소유권이 대부분 미국 기업에게 넘어갔다.

미국이란 나라는 세계의 경찰국을 자처하지만 그 이면에는 자국의 이익을 철저히 챙기고 있었다.

그러니 이번 쿠웨이트 사태는 그때처럼 미국이 적극적으로 도움을 주지는 않을 것이라 말을 한 것이다.

물론, IS에 쿠웨이트가 넘어가게 된다면 그동안 쿠웨이트에서 채굴을 하던 미국 기업들이 채굴권을 잃기에 그것을

두고 보지는 않을 것이지만, 많은 도움은 없을 것이라 판단
이 되었다.

사리드 왕자의 말에 사드 국왕도 고개를 끄덕이며 동조하
였다.

"그렇겠지……."

"저……."

"뭔가, 무슨 좋은 수라도 있나?"

뭔가 말을 하려는 동생의 기색에 사드 국왕은 고개를 들
어 물었다.

그런 사드 국왕의 모습에 잠시 주저하던 사리드 왕자가
자신의 생각을 말했다.

"전하!"

"그래, 무슨 좋은 생각이 있으면 말을 해보거라."

사드 국왕의 재촉에 사리드 왕자는 조심스럽게 자신의 생
각을 꺼냈다.

"전하께서는 저들의 무력을 어떻게 보셨습니까?"

뭔가 중요한 이야기를 할 것 같던 사리드 왕자가 뜬금없
이 지킴이 PMC를 가리키며 그들이 가진 무력에 대해 묻
자, 사드 국왕은 잠시 의문 가득한 눈으로 사리드 왕자를
보다 대답했다.

"엄청나더구나."

사드 국왕은 왕궁을 탈출하는 과정에서 지킴이 PMC의 선발대 스무 명이 보여주던 엄청난 모습이 떠올라 생각나는 대로 대답을 하였다.

"그렇지요!"

사리드 왕자도 국왕의 말에 동조하였다.

"저들의 전력이 알려진 것보다 더 엄청난 것 같습니다. 제 시종들에게 들은 것이 있는데……."

"그게 뭔가?"

사리드 왕자는 이곳 줄라이아 호텔에 도착하자 호텔 직원들에게 단단히 주의를 시켰다.

자신들을 IS로부터 구해준 지킴이 PMC를 결코 예의에 어긋나지 않게 대우하라는 것이었다.

물론, 지킴이 PMC들이 이곳 줄라이아 호텔에 묵고 있는 것은 아니지만, 지킴이 PMC가 자신이나 국왕을 만나기 위해 호텔을 찾게 되었을 때를 대비해 주의를 준 것이었다.

사리드는 국왕이 부르기 전까지 어떻게 하면 왕국을 IS로부터 되찾을 수 있을지를 고민했다.

그리고 그가 생각한 것은 미국의 도움이 아닌 새로운 강국으로 떠오르는 대한민국이었다.

통일 이전에도 대한민국은 세계 10권 안에 들어가는 군사 강국이었다.

다만, 주변을 둘러싼 나라들이 그보다 더한 강국이기에 상대적으로 약해 보일 뿐이지, 결코 저력이 없는 나라가 아니었다.

그리고 2년 전, 극적으로 통일을 하고 강대국 중국과 국경에서 국지전이 벌어졌는데, 그 전투에서 압도적인 승리를 하면서 세계를 깜짝 놀라게 하였다.

사리드는 그것을 기억해 냄과 동시에 두 시간 전 스무 명으로 대규모 기갑 부대에 맞서 엄청난 전과를 얻어낸 지킴이 PMC의 위력도 보았다.

2년 전, 세계 2위의 중국군을 맞아 승리했던 것은 뉴스로만 접해 그저 '놀랍다' 라는 생각뿐이었는데, 일개 PMC가 눈앞에서 강력한 기갑 부대를 상대로 엄청난 전과를 이룩하는 것을 목격하고는 놀람을 넘어 경악을 하였다.

그것은 신의 기적이었다. 스무 명이 전차와 장갑차로 이루어진 대규모 병력을 상대로 압도적인 전과를 이끌어내는 것도 그렇지만, 그들은 자신과 왕실 가족들까지 보호하며 전투를 벌인 것이다.

숫자로는 스무 명이지만, 그들은 스무 명 전부가 전투에
투입된 것도 아니었다.

스무 명 중 일부는 자신들을 보호하고, 남은 이들만이 전
투에 투입되었을 뿐이다.

그런데도 길목을 지키고 있던 IS의 기갑 부대를 상대로
100여 대의 전차와 BMP를 파괴하고, 또 적 지휘관들도
사살하였다.

이는 세계 전쟁사를 뒤져 봐도 유래를 찾아볼 수 없는 엄
청난 전과였다.

그래서 생각하였다. 저런 사람들로 부대를 편성한다면 그
어느 나라도 두렵지 않을 것이라고 말이다.

그런데 이곳 줄라이아에 도착하고 보니 지킴이 PMC의
인원은 자신들이 생각한 숫자보다 더 많았다.

많은 숫자의 지킴이 PMC 직원들을 확인한 사리드 왕자
는 이들을 이용해 IS에 불법 점거된 나라를 되찾는 상상을
해보았다.

지킴이 PMC와의 처음 의뢰는 IS가 생각보다 빠르게 쿠
웨이트를 침공함으로써 계약 무효가 되어버렸다.

그나마 그들이 의뢰주인 자신들을 구출해 주었기에 계약
금을 돌려받지는 않았지만, 어찌 되었든 계약은 무효가 되

었으니 원칙대로라면 지킴이 PMC는 더 이상 쿠웨이트에 머물 이유가 없었다.

그런데 눈치를 보니 새로운 계약을 갱신할 수도 있을 것 같았다.

그래서 알아보니 지킴이 PMC에서도 새로운 계약에 긍정적이란 답변을 들었다.

다만, 방어가 아니라 수복(收復)을 위한 공격을 해야 하기에 위험부담이 커졌다는 것이다.

때문에 새로운 계약은 그 계약 금액이 상당히 올라야만 했다.

하지만 현재 쿠웨이트 왕실에서는 찬물, 더운물 가릴 처지가 아니었다.

혈맹이라던 미국은 이미 한 번 배신을 하였다. 그렇다고 형제국인 사우디도 IS를 상대로 왕국을 되찾아줄 수 있다고 장담하지 못했다.

아니, 그것은 불가능했다. 미국과 동맹국들이 연합을 하고도 이라크와 시리아 일대를 장악한 채 국가를 선포한 그들을 아직까지 물리치지 못하고 있기 때문이었다.

그러니 사리드 왕자는 IS와 전투에서 대승한 지킴이 PMC만이 자신들의 희망이라 생각되었다.

자신의 임시 집무실에서 생각한 것을 국왕이자 친형인 사드 국왕을 보며 설명을 하는 사리드 왕자. 그런 동생의 설명에 사드 국왕이 눈이 커졌다.

　'그래, 저들을 보유한 한국이라면 분명 우릴 도울 수 있을 거야! 그런데 도움을 받는다면 한국에는 뭘 줘야 할 것인가.'

　사드 국왕은 사리드 왕자의 이야기를 모두 듣고 만약 그런 일이 성사가 되고, 또 자신들의 바람대로 나라를 되찾게 된다면 한국에 어떤 대가를 줘야 할지 고민하게 되었다.

6.
쿠웨이트 해방을 위한 회의

청와대, 대통령 집무실.

"비서실장, 자넨 어떻게 생각하나?"

길성준 청와대 비서실장은 윤재인 대통령의 질문에 잠시 생각을 하기 시작하였다.

방금 대통령이 물어본 것은 한 시간 전 미국 백악관으로부터 온 전화 때문인데, 사실 길성준도 쉽게 대답할 수 있는 것이 아니었다.

슈왈츠 미국 대통령이 직통전화를 걸어와 쿠웨이트에서 IS를 몰아내기 위한 연합군에 한국도 전투 부대를 파병해 달라는 요청했기 때문이다.

청와대로 쿠웨이트가 IS로부터 공격당하고 있다는 사실을 알고 있었다.

쿠웨이트로 향하던 해군 제1기동 전단으로부터 이미 정보를 취득했기 때문이다.

그런데 설마 백악관에서 그 일로 대한민국에 전투병을 파병하라는 말을 할 줄은 예상하지 못했다.

현재 대한민국의 내부 사정상 해외에 더 이상의 전투 부대를 파병할 여력이 없었다.

세 배나 늘어난 국경선을 지켜야 했고, 아직도 내륙 깊숙이 숨어든 구 북한군들을 모두 소탕하지 못했기 때문이다.

거기에 대한민국 정부를 더욱 곤란하게 만드는 것은 바로 계륵과 같은 구 북한군 특수부대원들의 존재였다.

수한이 그랬던 것처럼 PMC나 경호 업체를 설립하며 수용하기는 했지만, 아직도 북한 지역에 남아 있는 그들의 숫자는 10만이 넘었다.

만약 이들 특수부대 출신들과 잡히지 않는 구 북한군 지휘관들이 합류하게 된다면 점차 안정되고 있는 한반도에 또 다른 전쟁의 불씨를 키울 수도 있었다.

때문에 한반도의 사정은 겉으로 보이는 것과 다르게 살얼음판처럼 불안했다.

그런데 미국은 이런 대한민국에 전투 부대를 파병해 달라는 요청을 한 것이다.

말이 요청이지, 사실 강요나 다름없었다.

그 때문에 청와대로서는 전전긍긍할 수밖에 없고, 급기야 NSC를 소집할 수밖에 없었다.

"미국이 요구하는 전투 부대 파병은 어쩔 수 없습니다."

길성준 비서실장은 고민하다 대답하였다.

확실히 그의 말처럼 쿠웨이트가 국제 테러 단체인 IS에 점령되었는데, 미국의 요청을 거절할 수는 없었다.

이전에 미국이 전투병 파병을 요청했을 때는 남과 북이 대치하던 상태였기에 돈만 지원하고 전투병을 파병하지 않았다.

그런 방법이 통할 수 있던 것은 당시 북한이 전쟁 불사를 떠들며 새로운 탄도미사일 발사 실험과 동해에서 로켓 발사 훈련을 하던 시기였기 때문이다.

뿐만 아니라 서해에서도 해군 함정을 이용해 수시로 NLL(북방한계선)을 침범하고, 또 출동한 해군 함정에 위협사격을 하는가 하면, 해군이 이에 대응을 하면 북한은 해안포대를 이용해 포격을 하여 한반도에 불안감을 조성하던 시기였다.

하지만 지금은 그런 위기도 없기에 미국의 요청을 마냥 거부할 수도 없었다.

"하지만 우리의 현재 사정으로는 전투병을 파견할 수 없지 않은가."

길성준 비서실장의 말에 윤재인 대통령은 침중한 표정으로 말을 하였다.

이러지도 저러지도 못하는 진퇴양난의 상황이기에 상황이 좋아질 때까지는 어떻게든 미국의 눈치를 봐야만 했다.

"저, 이렇게 하는 것은 어떻겠습니까?"

많은 사람들이 이번 미국의 전투병 파병 요청에 대하여 고심하고 있을 때 김명한 국방부 장관이 대통령에게 발언권을 얻어 자신의 알고 있는 정보를 말하였다.

"세 시간 전, 인도양에 나가 있는 해군 제1기동 전단의 전단장인 강감찬 제독으로부터 보고가 있었습니다."

"그래, 무슨 보고인가?"

"예. 제1기동 전단의 임무는 원래 아프리카 소말리아 해적을 감시하기 위해 파견 나가 있는 이순신함과 대조영함과의 교대였는데, 지킴이 PMC를 지원해 주는 일로 현재 페르시아만을 거슬러 쿠웨이트에 입항할 예정이라고 합니다. 그런데……."

김명한 국방부 장관은 오전에 들어온 강감찬 제독의 전문을 그대로 대통령과 NSC 위원들에게 들려주었다.

"그러니까, 장관의 말은 이번 기회에 해모수함과 제1기동 전단에게 실전을 치르게 하자는 말인가요?"

윤재인 대통령은 김명한 국방부 장관의 이야기를 모두 듣고 그렇게 요약해 물어보았다.

이는 방금 전 김명한 장관의 말을 다시 한 번 되새기기 위해서였다.

"그거, 괜찮은 생각 같습니다."

이야기를 모두 들은 이박명 외교통상부 장관이 김명한 국방부 장관의 제안에 찬성하였다.

현지 인근에 있는 해군 제1기동 전단을 파견한다면 미국의 요구도 들어줄 수 있고, 또 군이 어려운 상황에서 국내 전력을 뺄 필요도 없으니, 아주 적절한 제안이었다.

하지만 그때, 안보 보좌관인 김성길 보좌관이 제동을 걸었다.

"하지만 해군 제1기동 전단에는 기밀인 해모수함이 있습니다. 제1기동 전단을 전투에 동원하게 된다면 여러 나라에 해모수함의 비밀이 알려지게 될 것입니다."

김성길 안보 보좌관은 그동안 군 내에서도 극비로 다루고 있는 대한민국 해군의 최신예 함정인 해모수함에 대한 우려를 나타냈다.

하지만 다른 대안이 있는 것도 아니기에 강력한 반대를 하지는 않고 그저 제1기동 전단의 기함인 해모수함의 중요성을 언급하면서 말을 아꼈다.

그런 김성길 안보 보좌관의 언급에 다시 한 번 실내에 침묵이 흘렀다.

얼마나 시간이 흘렀을까, 윤재인 대통령이 오랜 침묵을 깨고 입을 열었다.

"국방부 장관."

"예."

"해모수함이 운행 시험을 한 지가 1년이 넘었지요?"

갑작스런 질문에 김명한 국방부 장관은 잠시 멈칫하며 해모수함에 관해 생각했다.

"음, 재작년 10월에 해군에 인도되었으니, 정확하게 13개월 20일 되었습니다."

김명한 장관은 자신이 알고 있는 해모수함의 운행 시험 시기에 대하여 대답하였다.

그런 김명한 장관의 대답에 대통령은 잠시 뭔가를 생각을 정리하더니, 말을 꺼냈다.

"아직 준비는 덜 되었지만 이번 기회에 실전을 겪어보는 것도 우리 군에 좋은 경험이 될 것이라 생각합니다. 더욱이 현재 우리는 미국의 요청을 거절할 수 있는 입장이 아닙니다. 아직까지도 미국에 기대야만 안보를 지킬 수 있다고 생각하는 이들이 많은 이상, 이번에는 저들의 요구를 들어줘야만 합니다."

윤재인 대통령은 오래전부터 대한민국의 자주성을 주장하였다.

아무리 동맹이라고는 하지만, 그동안 미국이 대한민국을 대하는 방식은 동등한 지위에서의 관계가 아니었다.

뿐만 아니라 미국의 다른 동맹국과도 차이가 확연히 드러날 만큼 차별적인 대우를 하였다.

한국인들은 가깝지만 먼 일본과 많은 비교를 한다.

일본도 한국과 마찬가지로 미국의 동맹이지만, 그 위상은 비교 불가다.

미국은 일본에는 많은 것을 양보하면서도 막대한 이득을 보고 있는 한국에는 너무도 냉정한 반응을 보여왔다. 또 어떤 이들은 대한민국이 돈도 들이지 않고 안보를 미국에 편승하고 있다고 주장하기도 했다.

그런데 웃긴 점은 그런 것에 화를 내야 할 것이 당연한 대한민국의 국회의원들은 그런 가당치 않은 말에도 아무런 반론도 주장하지 않고 그저 미국에 잘 보이기 위해 꼬리를 흔들어 댈 뿐이었다.

윤재인 대통령은 나라와 민족을 위한 정책은 없고 그저 자신의 이윤만 추구하는 정치인들을 이 땅에서 몰아내기 위해 많은 노력을 했지만, 아직까진 힘이 약해 참을 수밖에 없었다.

대통령만 된다면 그런 위정자들을 모두 정치판에서 몰아낼 것이란 포부를 가지고 있었지만, 오랜 정치 생활을 하면서 아무리 대통령이라 해도 그런 힘은 없다는 것을 깨달았다.

그래서 힘을 가질 때까지 자숙하며 기다렸다.

조금만 더 힘을 기르면 미국의 그늘에서 벗어나 자주 독립국으로서 위상을 드높일 수 있을 것인데, 바로 앞에 큰 벽이 놓이고 만 것이다.

하지만 벽이 있다고 물러설 수는 없기에 결단을 내렸다.

"조금 이르긴 하지만, 이번 기회에 대한민국의 힘을 드러내 보이는 것도 나쁘지 않다고 생각합니다."

"대통령님!"

주변에서 잠시 우려의 말이 나오기는 하였지만, 윤재인

대통령은 결심을 하였는지 말을 계속하였다.

"이번 미국의 전투병 파병에 관해서 해군 제1기동 전단을 쿠웨이트로 파병하는 것으로 하겠습니다."

"알겠습니다."

단호한 대통령의 말에 김명한 국방부 장관도 마지못한 듯 알겠다는 대답을 하였다.

"그리고 지킴이 PMC 측에 계획을 조금 더 앞당기라고 말하세요."

윤재인 대통령은 이번에는 김세진 국정원장을 돌아보며 그렇게 주문하였다.

"그건… 알겠습니다. 그렇게 전하겠습니다."

멈칫하던 김세진 국정원장은 계속해서 눈빛으로 자신을 압박하는 대통령의 모습에 결국 알겠다는 대답을 할 수밖에 없었다.

"그럼 그렇게들 알고 계획을 수립하기 바랍니다. 조금만 참읍시다. 이 시기만 벗어난다면 다시는 다른 나라의 눈치를 보지 않고 뜻을 펼칠 날이 올 것입니다."

"예, 알겠습니다."

"알겠습니다."

고민하던 문제가 결정이 나자 NSC 위원들은 빠르게 자신이 맡은 일을 처리하기 위해 자리에서 일어나 밖으로 나갔다.

밖으로 나가는 위원들의 뒷모습을 쳐다보던 윤재인 대통령의 눈에는 결연한 빛이 역력했다.

쿠웨이트 줄라이아.

지킴이 PMC는 쿠웨이트 국왕과 왕실 가족들을 보호하며 IS의 기갑 군단의 포위망을 뚫고 남부 줄라이아에 캠프를 차렸다.

줄라이아는 쿠웨이트 시로부터 40㎞ 정도밖에 떨어지지 않았다.

하지만 쿠웨이트를 침공한 IS의 군대는 육해공으로 구성된 통합군이 아니라 육군, 그중에서도 기갑 부대로만 구성되어 있어 충분히 막아낼 수 있다는 판단 아래 이곳에 방어선을 구축한 것이다.

더욱이 지킴이 PMC 후발대와 합동작전을 함께한 애덤 홀드 소령은 사드 국왕과 왕족들이 쿠웨이트를 포위한 IS로부터 무사히 탈출했다는 것을 전해 듣고 병력을 집결시키는 한편, 교두보를 확보하란 지시를 받았다.

그러한 소식이 전해지면서 이곳 줄라이아에는 지킴이 PMC가 차린 캠프와 애덤 홀드 소령이 지휘하는 미 해병대 포스리콘의 임시 캠프가 방어 진지가 구축되었다.

그리고 방어 진지가 구축되기 무섭게 사우디 담맘에 꾸려진 미 해병대 사령부에서 해병대 소속 기갑 부대들이 속속 도착하였다.

웅성! 웅성!

붕붕!

조용하던 줄라이아는 군인들이 몰려들며 무척이나 소란스러워졌다.

사람들의 웅성거리는 소리, 차량들이 내뿜는 엔진 소리 등 조용한 줄라이아에 활기가 돌기 시작하였다.

그리고 그런 줄라이아의 모습에 쿠웨이트 왕실은 안도의 한숨을 내쉬었다.

지원 요청이 거절당하고 IS의 군대에 왕궁이 점령되어 피난을 갈 때만 해도 무척이나 암담했다.

그나마 다행이라면 급하게 한국의 지킴이 PMC와 계약을 맺었던 것이 신의 한 수로 작용을 하였다는 것이다.

덜컹!

"형님, 방금 전 미국으로부터 우리나라에 침략한 IS 군을 몰아낼 연합군이 구성되고 있다는 연락을 받았습니다."

사리드 왕자는 급하게 방문을 열고 들어와 사드 국왕을 보며 그렇게 소리쳤다.

조금 전, 미국 백악관으로부터 쿠웨이트를 침략한 IS를 몰아내기 위해 연합군을 구성하는 중이란 연락을 받자 너무도 기쁜 나머지 임시 국왕 집무실로 뛰어든 것이다.

이는 무척이나 예의에 어긋난 행동으로, 자칫 잘못했다가는 반역으로 몰려 사형을 당할 수도 있었다.

비약이 아니라 현재 쿠웨이트는 외부의 적으로부터 침략을 당해 국왕과 왕실 가족들이 모두 피난을 온 상태였다.

이런 상황에서 사전 검열 없이 국왕이 있는 곳으로 누군가가 침입한다면 당연 암살자라고 의심을 받을 수밖에 없는 것이다.

그나마 다행이라면 사리드 왕자와 사드 국왕의 관계는 여느 형제들보다 더 끈끈하기에 그런 의심을 받지는 않았다.

더욱이 국왕 집무실에는 지킴이 PMC에서 파견된 경호원이 있었기에 안전은 그 어느 때보다 확실한지라 무난하게 넘어갈 수 있었다.

"그게 사실이냐?"

"그렇습니다. 제가 직접 들은 사항입니다."

"그래, 잘되었구나. 그런데 언제쯤 연합군이 침략자들을 공격한다고 하더냐?"

사드 국왕은 사리드 왕자가 가져온 소식에 고무되어 흥분하며 물었다.

하지만 자세한 작전에 관한 이야기는 듣지 못했기에 사드 국왕의 질문에 시원한 답을 줄 수는 없었다.

"저, 그것이… 그것까지는 듣지 못했습니다. 하지만 기쁜 소식이 하나 더 있습니다."

사드 국왕은 기쁜 소식이 하나 더 있다는 말에 그것이 무엇인지 궁금하기는 했지만, 나라를 침략한 적을 자신의 땅에서 언제 몰아낼지 알 수 없다는 생각에 실망감을 감추지 못했다.

"그래, 어떤 소식이냐?"

실망하기는 했지만 수도를 적에게 뺏긴 절망적인 상황에서 적을 물리치기 위해 동맹이 뭉치고 있다는 소식을 듣게 되니 조금이나마 희망이 생겨났다.

국왕의 질문에 사리드 왕자가 미소를 지으며 대답하였다.

"한국에서 저희의 제안을 받아들였다고 합니다."

"뭐라고? 그게 정말이냐?"

"예. 지킴이 PMC의 책임자의 말에 의하면, 운행 시험 중인 최신예 함정의 사용도 승인이 떨어졌다고 합니다."

사리드 왕자는 대한민국 해군의 최신예 함정인 해모수함을 언급할 때는 얼굴이 붉게 상기되기까지 하였다.

말을 하는 사리드 왕자는 물론이고, 사드 국왕도 이곳에 도착한 첫날 해모수함에 승선하여 함장인 강감찬 제독에게 제원 설명을 들었기에 엄청난 성능을 확인할 수 있었다.

물론 강감찬 제독이 중요한 비밀에 관해서는 알리지 않았지만, 그래도 해모수함이 가진 우수한 성능에 관해서는 두말할 필요가 없었다.

아무튼 이처럼 막강한 한국 해군이 적극적으로 자신들을 지원할 것이란 이야기를 들었을 때, 사드 국왕은 자신도 모르는 사이 안도의 한숨을 쉬었다.

방금 전, 미국이 자국에 침공한 IS를 몰아내기 위해 연합군을 구성하고 있다는 말을 들었을 때보다 더 기뻤다.

가까운 곳에 자신들을 적극적으로 돕겠다고 나선 나라가 있다는 사실만으로도 사드 국왕은 절로 안도가 되었다.

똑! 똑!

"들어와."

리철명 부사장은 사드 국왕과 왕족들을 구출하는 과정에서 소모된 장비들과 전투에 참여한 직원들의 월급 계산을 위한 한창 서류를 정리하고 있었다.

"단결!"

노크를 하며 안으로 들어온 사람은 최진철 과장이었다.

"그래, 무슨 일인데 찾아온 거야?"

잠시 정리하던 서류를 옆으로 밀어내며 앞에 있는 용무를 물었다.

그런 리철명 부사장의 질문에 최진철 과장은 들고 온 전문을 내밀었다.

"본사에서 온 전문입니다."

암호로 온 전문이었다. 리철명은 호주머니에서 안경을 꺼내 쓰고는 본사에서 보낸 전문을 읽기 시작하였다.

리철명이 쓴 안경은 평범한 안경이 아니었다. 안경테에서 특수한 파장이 투사되면 특수 처리된 종이와 잉크들이 일정한 형태의 문양을 만드는데, 그것을 특수 처리된 안경알을 통해 글자가 완성되는 것이었다.

이런 복잡한 과정이 필요한 것은 암호 체계가 외부에 유출되더라도 보안을 유지하기 위해서였다. 암호를 해독할 수 있는 안경이 없더라도 이중 삼중으로 보안을 유지하기 때문에 정보가 유출될 염려가 없는 것이다.

안경을 통해 드러난 내용은 수한의 제안을 청와대에서 받아들였다는 것이었다.

"청와대에서 우리의 제안을 받아들였다는군."

"그렇습니까?"

최진철 과장도 베이스캠프에 열린 회의에서 앞으로의 계획을 들었기에 지휘부에서 정부에 어떤 제안을 했는지 알고 있었다.

사실 최진철은 한국 정부가 절대로 지신들의 제안을 받아들이지 않을 것이라 생각하였다.

일개 민간 기업의 제안을 정부가 받아들인다는 것은 있을 수 없는 일이었다.

그 반대라면 가능하겠지만, 민간 기업에서 제안한 군사작전을 정부에서 승인하고 군대를 움직인다는 것을 어떻게 믿을 수 있겠는가. 그래서 괜찮은 계획임에도 가능성이 없다 판단했다.

하지만 자신의 생각과는 달리 대한민국 정부가 자신들의 작전 계획을 받아들였다는 말에 최진철은 지킴이 PMC의 로비 능력이 상당하다는 것을 새삼 깨닫게 되었다.

"정수한 박사님 좀 불러주게."

"알겠습니다."

리철명 부사장은 앞으로의 일을 수한과 의논하기 위해 그를 찾았다.

잠시 뒤, 수한이 리철명의 임시 집무실로 들어왔다.

"우리의 제안을 정부에서 받아들였다고요?"

수한은 안으로 들어오기 무섭게 물어보았다.

"예. 정부도 이번 기회에 해모수의 작전 수행 능력 확인과 해군의 전투력 향상을 위해 승인한 것으로 보입니다. 그리고 전문의 내용을 확인을 하던 중, 백악관에서 이번 IS 침략군을 처리하기 위해 정부에 전투병 파병을 요구했다고합니다."

"전투병이요?"

"예. 그러니 우리가 해모수의 실전 테스트를 제안한 것이 신의 한 수가 되었습니다."

"그렇군요. 미국의 요구도 들어주면서 최신예 전함인 해모수도 이번 기회에 시험하고. 또 이번 기회에 해군이 실전을 경험한다면 엄청난 이득이겠군요."

"예. 전에야 전투병 파병에 대하여 한반도 사정이 안정화

되지 못했다는 핑계를 대며 예산과 전투 물자를 지원하는 것으로 대신 했지만, 이번에는 그럴 수 없는 상황이었습니다. 어떻게 보면 해군의 기동 전단이 임무 교대를 위해 인도양에 파견된 것이 신의 한 수였습니다."

리철명의 말대로 이번에 이순신함의 임무 교대와 해모수의 운항 시험 등 여러 가지 일로 제1기동 전단이 인도양에 파견을 나온 것이 신의 한 수가 되었다.

시의 적절하게 이곳에 있던 관계로 미국의 전투 부대 파견 요구를 들어주면서도 부족한 실전 수행 능력을 보충할 수 있는 자리까지 마련이 된 것이다.

아무리 훈련에서 만점을 받는다고 해도 실전에서 얻어지는 경험과는 천지 차이다.

그러니 이번 쿠웨이트에서의 실전은 대한민국 해군에 많은 도움이 될 것이라 여겨졌다.

물론 쿠웨이트를 침략한 IS의 군대가 모두 기갑 부대이기는 하지만, 지킴이 PMC의 직원 일부가 잠시 대한민국 해병대로 신분을 변경해 참여할 것이기에 그것은 문제가 되지 않았다.

지킴이 PMC에서 일부 직원들의 신분을 대한민국 해병으로 둔갑시켜서 얻을 수 있는 이익은, 해외로 반출할 수 없는 신형 공격 헬리콥터를 이곳 쿠웨이트로 가져올 수 있다는 점이었다.

신형 공격 헬리콥터는 아직 개발이 완료된 것은 아니지만, 운용에는 아무런 이상이 없었다.

그저 최적화하는 작업을 남겨둔 것이기에 수한은 개발 중인 공격 헬리콥터를 이번 기회에 현장에서 운용하면서 최적화 조율 작업을 함께하려는 것이다.

이러한 계획까지 모두 정부에 알려 승인을 받은 것이기에 수한은 자신의 제안이 받아들여질 것이라 확신했다.

전투병 파병을 하지 못하는 대한민국의 여건상 자신의 제안을 받아들일 공산이 크다고 보았기 때문이다.

확실히 대한민국 정부도 미국의 전투병 파견 요구에 진퇴양난에 빠져 있는 상태였다. 마침 지킴이 PMC에서 인도양에 있는 해군 제1기동 전단을 언급했고, 미국이 해군이 아닌 육상 병력을 요구한다면 지킴이 PMC 중 일부 직원들을 해병대로 임시로 신분을 변경해 지원하겠다고 제안했기에 승인한 것이다.

더욱이 현재 개발 중인 신형 공격 헬리콥터의 양산을 위한 조율 작업이 필요하기에 쿠웨이트에서 벌어질 실전을 통해 공격 헬리콥터의 프로토 타입도 시험하겠다는 제안을 승인할 수밖에 없었다.

어차피 프로토 타입의 공격 헬리콥터가 투입되는 곳에는 지킴이 PMC가 있을 테니 정보가 외부로 빠져나갈 틈도 없을 테니.

아무튼 대한민국 정부나 쿠웨이트 왕실, 그리고 중간에서 이들을 조율한 지킴이 PMC는 상당한 이득을 보게 되었다.

대한민국 정부는 미국의 압박에서 벗어날 수 있으면서도 해군의 실전 전투 경험을 쌓을 수 있는 길이 마련되었고, 쿠웨이트 왕실은 적극적인 동맹국을 얻게 되었다.

지킴이 PMC 역시 대한민국 정부에 장비 지원과 물자 반출에 대한 허가를 받을 뿐 아니라 쿠웨이트 왕실에는 이전에 맺었던 보호 의뢰를 수행한 것을 인정받아 새로운 계약을 맺을 수 있게 되었다.

이 새로운 계약은 IS의 군대를 쿠웨이트로부터 몰아내 달라는 의뢰였으며, IS를 몰아낸 뒤에는 무너진 쿠웨이트 군을 대신해 쿠웨이트를 수호하는 용병으로 일하는 것이었다.

무려 1년에 20억 달러나 되는 엄청난 금액의 용병 계약이었다.

사실 쿠웨이트는 1년에 총 30억 달러에 이르는 국방 예산을 사용하고 있었다.

하지만 그럼에도 이번 IS의 쿠웨이트 침공을 막아내지 못했다.

이는 쿠웨이트가 국가 방위를 위해 들여온 장비에 너무도 비싼 가격을 치르고, 또 유지 보수를 해온 탓이 컸다.

무기를 판 업체들이 부유한 쿠웨이트에 바가지를 씌웠기 때문인 것이다.

사실 그에 대해서는 사드 국왕이나 쿠웨이트 왕실도 알고 있는 바였다.

하지만 제대로 항의할 수도 없던 것이, 쿠웨이트에 바가지를 씌운 기업들이 모두 미국의 방위산업체였기 때문이다.

미국에 절대적으로 의지하고 있는 쿠웨이트였기에 미국 기업에 항의를 한다는 것은 있을 수 없는 일이었다.

만약 그런 일로 항의하다 자칫 미국이 쿠웨이트에서 발을 빼기라도 한다면, 쿠웨이트는 존립의 위기에 처할 터였다.

그러니 쿠웨이트로서는 울며 겨자 먹기로 바가지를 감당해야 했다.

이라크 바쿠바.

"충성! 부르셨습니까?"

바쿠바 지역 동맹군 사령관인 애덤 슈미츠 장군의 부름을 받은 레온 하트 대령은 사령관 집무실로 들어서며 경례를 하였다.

"어서 오게. 자리에 앉지."

슈미츠 장군은 레온 대령이 자리에 앉자 보던 업무를 멈추고 반대편 자리에 마주 앉았다.

"자네를 부른 용건은 백악관에서 한 가지 명령이 내려왔기 때문이네."

"백악관이요?"

레온 하트 대령은 백악관에서 직접 작전 명령이 떨어졌다는 말에 너무도 놀라 눈을 크게 떴다.

그도 그럴 것이, 군사작전에 백악관이 나서는 일은 너무나 이례적이었기 때문이다.

그 말인즉, 이번 작전이 정치적인 이유로 꾸려진 작전이란 말이기도 했다.

"혹시 정치적인……."

말은 다 하지 않았지만, 레온 하트 대령의 표정은 정치적인 일에 자신이 나선다는 것이 못마땅하다는 기색이 역력했다.

그런 레온 하트 대령의 생각을 잘 알고 있는 슈미츠 장군도 별 표정 없이 명령문 하나를 내밀었다.

"마음에 들지 않더라도 어쩔 수 없네, 이번 작전에 자네와 자네 부대가 꼭 필요하니 말이야."

"어떤 작전이기에 제 부대가 필요한 것입니까?"

자신의 부대는 현재 IS의 대규모 병력을 막기 위한 전력 중 그저 한 부분에 불과했다.

그리고 병종(兵種)이 같은 부대들도 많았다.

바쿠바에 주둔하고 있는 동맹국 전력 중 미국 해병대 소속 기갑 여단 하나를 지휘하고 있을 뿐인 것이다.

그런데 또 어디에서 작전이 펼쳐지기에 자신의 부대가 필요한 것인지 알 수가 없는 노릇이었다. 게다가 자신의 부대가 정치적인 놀음에 동원된다는 것이 더욱 마음에 들지 않았다.

"도대체 어디서 하는 작전이기에 제 부대가 필요한 것입니까?"

레온 하트 대령은 애덤 슈미츠 장군에게 단도직입적으로 물었다.

"자네도 소식을 들어 알겠지만, 정보부에서 IS의 기만술에 속아 쿠웨이트가 저들의 수중에 들어갔네."

자신들이 IS의 거짓 정보에 속아 이곳 바쿠바에 머물고 있을 때, 정작 IS는 바쿠바에는 모습조차 보이지 않고 600㎞나 떨어진 쿠웨이트를 침공하였다.

IS가 활동하기에 아무런 기반도 없는 곳을 털린 셈이고, 이는 세계 최고의 정보 조직을 거느린 미국으로서는 체면이 서지 않는 일이었다.

그 때문에 이번 쿠웨이트를 침공한 IS을 확실하게 처리해야 할 필요성이 있었다.

더욱이 쿠웨이트를 침공한 부대가 IS 군 내부에서 상당한 전력을 차지하는 아부살만의 기갑 군단이란 사실이 밝혀지면서 백악관이나 펜타곤에서는 이번 기회에 IS의 무력의 주축인 그들을 끝장내길 원했다.

"그게 사실입니까?"

레온 하트 대령은 쿠웨이트를 점령하고 있는 IS 군 사령관이 아부살만이라는 말에 놀란 표정을 감추지 않았다.

그 또한 기갑 부대를 운영하고 있는 지휘관이었다.

그렇기에 기갑 부대의 한계를 누구보다 잘 알고 있었다.

아무리 강력한 화력을 가진 기갑 부대라 해도 운영하는 병력의 숫자가 적다면 방어를 하는 측면에서 불리하였다.

그런데 아부살만은 그러한 기갑 부대의 한계를 잊었는지 기갑 부대 단독으로 한 나라를 점령하고 그 자리에 눌러앉은 것이다.

아무리 쿠웨이트가 작은 나라라고는 하지만, 기갑 부대만으로 점령한다는 것이 이해되지 않았다.

사실 그것은 IS의 계획이 아니었다. 본래 그들은 쿠웨이트를 점령해 미국과 동맹국의 참전을 막기 위해 사드 국왕과 왕족들을 재빨리 구금하려고 했다.

왕족들만 확보할 수 있다면 미국이나 동맹국들이 감히 쿠웨이트로 병력을 운용할 수 없을 것이기 때문이다.

만약 미국이나 동맹국들이 쿠웨이트 왕족들의 생명을 무시하고 쿠웨이트로 진격하게 된다면, 그동안 아랍의 여러 나라들에게서 받던 지원이 중단되고 이슬람권 국가들에 지하드을 촉발시킬 수도 있기 때문이다.

하지만 그러한 사정까지는 모르기에 애덤 슈미츠 장군이나 레온 하트 대령은 지금 오해를 하고 있는 것이다.

"아부살만의 기갑 부대가 비록 구형인 T—72를 운용한다고 하지만, 그동안 많은 개량을 하여 쉽게 볼 수는 없습니다."

레온 하트 대령은 자신의 여단(旅團)으로 적의 기갑 부대를 상대하기에는 조금 벅차단 생각에 그리 말을 하였다.

"그건 걱정하지 말게. 동맹에서 전투병을 지원해 줄 것이네."

한발 빼는 레온 하트 대령을 보며 슈미츠 장군은 백악관으로부터 전해 들은 작전의 전반적인 내용을 설명하였다.

"이번 작전에 한국도 전투병을 파병하기로 하였으니, 쿠웨이트 해방도 해방이지만 한국군도 자세히 살피라는 내용이었네."

"한국군 말입니까?"

레온 하트 대령은 슈미츠 장군의 말에 고개를 갸웃거렸다.

"그렇다네. 요즘 한국은 무슨 생각을 하는지 알 수가 없단 말이야. 더욱이 그들의 행보를 보면 우리의 영향력에서 벗어나려는 움직임도 포착되고 있어."

슈미츠 장군은 한국 정부가 그동안 미국을 상대로 보여준 행동들이 썩 마음에 들지 않았다.

예전이라면 획기적인 신무기가 개발되었을 때 가장 먼저 미국에 알렸을 것이다.

하지만 언제부턴가 그러한 것이 싹 사라졌다.

더욱이 미국을 상대로 무기를 팔아먹을 생각을 하고, 엄청난 바가지를 씌우고 있었다.

물론 한국이 개발한 신무기가 너무나 획기적인 물건이라 전장에서 유용하게 사용하고 있기는 하지만, 너무 비싸 전군이 사용하지 못하고 있다는 것이 불만이었다.

"절대 실패해서는 안 되는 작전이니, 자네의 경력에도 플러스 요소가 될 거네. 자네가 맡게."

거듭 강조하는 슈미츠 장군의 말에 레온 하트 대령은 한국에 대한 호기심이 생겼다.

"알겠습니다."

"그래. 그럼 자네 부대는 지금 이 시간부로 쿠웨이트 해방군으로서 파견되는 걸로 하지."

레온 하트 대령이 작전을 수령하자 슈미츠 장군은 바로 쿠웨이트 해방군을 편성하였다.

"그럼, 전 이만 나가보겠습니다."

"그래, 무운을 비네."

"감사합니다."

레온 하트 대령이 사령관실을 나가고 나자 애덤 슈미츠 장군은 무언가를 고민하는 듯 자리에서 일어나지 않고 생각에 빠졌다.

한편, 밖으로 나온 레온 하트 대령은 조금 전 애덤 슈미츠 장군이 강조한, 한국군을 살피라는 말이 뇌리에 맴돌았다.

'어떤 것을 살피라는 것인지 모르겠군.'

그는 자신의 부대가 주둔하고 있는 곳으로 걸어가며 사령관이 한 이야기에 대해 계속해서 고민했다.

쿠웨이트 줄라이아.

"조심해서 내려!"

위잉!

지킴이 PMC가 캠프를 차린 줄라이아 항구에서는 한창 하역 작업이 이루어지고 있었다.

한국 정부가 쿠웨이트 정부와 협정을 맺으며 IS를 몰아내기 위해 적극적으로 지원하기로 결정하면서 많은 물건들이 쿠웨이트로 전해졌다.

군수 지원함은 물론이고, 민간 화물선을 이용해서 많은 지원 물품들이 이곳 줄라이아에 쌓이고 있었다.

하역 작업은 무척이나 조심스럽게 이뤄지고 있었는데, 이곳 줄라이아가 원래 화물선이 들어오는 항구가 아니기 때문에 하역 작업에 필요한 크레인이 갖춰져 있지 않았기 때문이다.

그렇기에 대한민국 해군 제1기동 전단 소속 군수 지원함이 하역 작업을 지원하고 있었다.

물론 가벼운 화물은 파워 슈트를 입은 지킴이 PMC 직원들이 나서서 돕고 있었기에 작업은 순조롭게 진행되었다.

한편, 지킴이 PMC 직원들이 파워 슈트를 입고 하역 작업을 하는 모습을 지켜보는 이들이 있었다.

그들은 조금 떨어진 곳에 캠프를 차린 미 해병대 대원들이었다.

애덤 홀드 소령의 부하들은 이미 지킴이 PMC 직원 전원이 파워 슈트를 착용한다는 사실을 경험했기에 이곳에 오지 않았지만, 그들에게서 이야기를 전해 들은 미 해병대원들은 그 말을 확인하고자 하역 작업으로 분주한 항구에 나와 구경하고 있는 것이었다.

"왓 더 팍! 그 새끼들 말이 사실이었어."

"그러게 말이야. 한국인들은 어떻게 저 많은 인원에게 파워 슈트를 지급할 수 있던 거야?"

"그러게… 부럽네."

하역 작업을 하고 있는 지킴이 PMC 직원들의 모습을 확인한 미 해병대원들은 자기들끼리 두런두런 이야기를 나누었다.

그리고 그들과 조금 떨어져 있는 곳에서는 또 다른 무리들이 비슷한 이야기를 하고 있었다.

항구가 보이는 줄라이아 호텔의 스위트룸.

그곳에는 다양한 인종들이 모여 회의를 하고 있었다.

쿠웨이트의 총리인 사리드 왕자와 IS가 쿠웨이트 시를 봉쇄할 때 간신히 빠져나온 쿠웨이트 행정부 요인들, 그리고 IS로부터 쿠웨이트를 해방시키기 위해 모여든 동맹국 지휘관과 지킴이 PMC 부사장인 리철명, 그리고 수한이 함께 자리하고 있었다.

수한과 리철명은 쿠웨이트 왕실과 계약한 용병 자격으로 이 자리에 참석하였다.

물론 용병 자격이기에 작전에 대한 발언권은 가지지 않았다.

다만, 작전이 어떻게 꾸려지는지 그 진행 상황을 지켜보려고 참석한 것이었다.

자칫 자신들이 총알받이로 내몰려서는 안 되기 때문이

었다.

물론, 리철명과 수한의 모습을 고깝게 보는 시선들이 느껴지기는 했지만, 그런 것은 별로 신경 쓰지 않았다.

괜히 그런 게 신경 쓰인답시고 남들이 짜놓은 작전을 나중에 받아보고 나서 불리함을 항의해 봐야 아무런 소용이 없기 때문이다.

사실 이 자리에 모인, 각국을 대표해 온 지휘관들도 그런 이유에서 어떻게든 자국 군대가 보다 안전한 포지션에 들어가길 기를 쓰고 논의하고 있었다.

"군을 셋으로 나눠 운용하겠습니다."

사드 국왕 대신 참석한 사리드 왕자는 쿠웨이트 총리로서 각국 지휘관들이 하는 말들을 하나도 빼놓지 않으려 귀를 기울였다.

비록 이 자리에 쿠웨이트 군 지휘관이 있지 않은 탓에 어떤 발언을 하거나, 또 자신이 군사작전에 뛰어난 소질이 있는 것도 아니기에 그저 지켜보고만 있었다.

그런데 이 자리에 있는 지휘관 중 가장 계급이 높은 강감찬 제독이 군을 세 개로 나눠 운용하겠다고 하자 주변이 조금 소란스러워졌다.

강감찬 제독은 주변의 소란에 전혀 개의치 않으며 꿋꿋하게 자신의 생각을 말했다.

"현재 알자라 주 북쪽으로 30㎞ 떨어진 곳에 미 육군 288기갑 여단이 주둔해 있고, 이곳 줄라이아에는 프랑스 제8기계화 사단 예하 3연대, 영국 제524기계화 연대, 대한민국 제1기동 전단과 해병 특수부대원 2천 명, 쿠웨이트 용병 7,200명이 있습니다."

그가 말하는 쿠웨이트 용병이란 쿠웨이트 왕실과 계약을 맺은 지킴이 PMC였다.

원래 전력은 8천 명이지만, 쿠웨이트와 대한민국 정부와 중계를 하면서 2천 명은 한국군으로 신분을 변경하겠다고 약속했다.

그러면 6천 명이 되어야 하는데, 수한은 평양에 있는 본사에 연락하여 훈련 중이던 직원들을 추가로 불러들여 7,200명을 꾸렸다.

아무리 파워 슈트로 무장하고 있다고는 해도 숫자에서 밀리면 발언권이 약해지기에 일부러 1,200명을 더 늘린 것이었다.

그 때문에 이렇게 작전 회의에 참석을 할 수 있던 것이기도 했다.

"현재 동맹군의 특성상 어쩔 수 없이 세 무리로 나눠 제

1기동 전단은 해안선을 따라 북상을 하며 공격을 할 것입니다. 2천의 미 해병 특수부대원들은 해안선에 늘어진 도심을 따라 북상하며 IS 군을 처리하고, 미군은 알자라 주를 통과해 서쪽에서 IS 군을 압박해 주시기 바랍니다. 그리고 영국의 523기계화 연대는 쿠웨이트 시 남서쪽에서, 프랑스의 3연대 병력은 쿠웨이트 공황과 일대를 처리해 주시기 바랍니다."

쿠웨이트 해방을 위해 모인 동맹군은 현재 쿠웨이트 시를 장악하고 있는 아부살만의 기갑 군단과 비교해도 결코 부족하지 않은 규모를 갖추고 있었다.

그렇기에 강감찬 제독은 쿠웨이트 시에 있는 아부살만의 기갑 군단을 3면에서 포위를 하면서 시가전을 하는 것으로 작전을 세웠다.

누가 들어도 납득할 만한 작전이었는데, 동맹군 어느 나라 군대도 위험하지 않은, 정석적인 포석이었다.

강감찬 제독의 작전 능력에 동맹군 지휘관들은 고개를 끄덕였다.

강감찬 제독이 비록 해군이기는 하지만 육상 작전을 수립하는 것이 그리 이상하지 않았기에 수긍하는 것이었다.

한편, 강감찬 제독의 작전 설명을 들으며 약소국 해군 장성이라는 사실 때문에 무시당하지는 않을까 걱정하던 수한은 강감찬 제독의 지휘를 받아들이는 지휘관들의 모습에 속으로 미소를 지었다.

7.
신무기의 향연

쿠루르릉!

줄라이아.

아침부터 무척이나 부산스러운 소음이 울렸다.

캠프 이곳저곳에 넓게 퍼져 있는 차량들이 엔진에 시동을 걸고, 사람들은 분주히 움직이며 차량에 각종 물자와 무기들을 탑재하였다.

그런데 그런 부산한 움직임 속에서 이상한 풍경이 펼쳐지는 곳이 있었다.

그곳은 바로 지킴이 PMC와 한국군이 주둔하고 있는 캠프였다.

다른 나라의 캠프에서 전차와 장갑차, 그리고 보병을 실어 나를 군용 차량들이 엔진 시동을 걸고 예열하고 있는 것에 비해 너무도 조용했기 때문이다.

그저 사람들이 분주하게 움직이며 지휘관들의 고함 소리만이 들릴 뿐이었다.

사실 한국군 캠프나 지킴이 PMC가 주둔하고 있는 곳에서 차량들의 엔진 소리가 들리지 않는 이유는 따로 있었다. 이들이 보유한 차량들이 모두 천하 에너지에서 개발한, 아니, 정확히는 수한이 발명한 파워팩 때문이다.

KF—300은 가솔린이나 디젤엔진을 탑재하지 않고, 대신 강력한 전기 모터를 가지고 있는 차량이다.

그렇기 때문에 KF—300은 엔진 소음이 없었다. 최고 시속 230㎞/h의 엄청난 속도를 가지고 있으면서 소음은 나지 않는, 군사학적으로 엄청난 장갑 차량이었다.

사실 원래 KF—300의 속도가 이렇게까지 엄청나진 않았다.

그런데 KF—300을 개발하는 과정에서 수한이 차세대 발전 시스템을 발명하면서 원래 계획되어 있던 엔진과 파워팩을 빼고 KF—300에 맞는 발전기와 전기 모터를 탑재하게 된 것이다.

GREAT
그레이트 코리아
KOREA

그런 이유로 장갑 차량으로서는 강력한 1,000마력에 해당하는 전기 모터를 가졌다.

그런데 중요한 것은 KF—300이 여타의 장갑차들에 비해 무게가 가볍다는 것이었다.

14.7톤의 가벼운 무게에 다른 장갑차들, 아니, 강력한 전차 엔진에 버금가는 심장을 달고 있으니 배 이상 빠를 수밖에 없었다.

더욱이 수한은 KF—300을 개발할 당시, 마력 소모를 최대한 줄이기 위해 설계하였고, 또 KF—300이 다른 장갑차와 다르게 궤도 차량이 아닌 차륜형이기에 이런 속도를 낼 수 있었다.

물론 대한민국 육군에는 궤도형 KF—300도 존재하지만, 아무튼 현재 이곳 쿠웨이트 줄라이아에 주둔한 지킴이 PMC와 한국군에는 차륜형 KF—300이 조용히 작전 준비를 하고 있었다.

보통 군사작전은 여명이 트기 직전, 가장 어두울 때 기습적으로 시작하는 것이 정석인데, 이번 쿠웨이트 해방 작전은 그렇지 않았다.

그도 그럴 것이, 쿠웨이트 시내에 있는 IS 군을 몰아내기 위한 목적에 그 원인이 있었다. 일반적으로 공군의 폭격과 더불어 포병의 화력지원을 받은 뒤 몰아붙이듯 공격하는 형태를 취할 수 없기 때문이다.

그래서 차라리 시계가 확보된 상태에서 힘 대 힘으로 겨루는 전면전을 취하기로 하였다.

물론, 군사작전이니 전투를 하다 보면 건물이 파괴되는 피해도 있겠지만, 그런 피해를 최소한으로 하기 위해 대단위 화력지원을 포기하였다.

자칫 잘못하다가는 쿠웨이트 시에 남아 있는 민간인들의 피해가 미칠 수도 있고, 무엇보다 가장 큰 이유는 지킴이 PMC를 용병으로 고용한 쿠웨이트 왕실의 강력한 주장 때문이었다.

다른 동맹국의 군대야 IS만 처리하면 되기에 쿠웨이트 국민들이 얼마나 피해를 입든 상관없겠지만, 사드 국왕의 입장은 그렇지가 않았다.

특히 미국은 자신들이 IS와의 정보전을 실패한 것을 만회하기 위한 목적이 컸기에 쿠웨이트의 사드 국왕의 요구를 들어줘야만 했다.

아무튼 작전이 시작되자 멀리 기동을 해야 하는 영국과 프랑스의 기계화부대가 가장 먼저 줄라이아를 빠져나갔다.

쿠르르릉! 부웅! 부웅!

대열을 맞춰 달려가는 전차와 장갑차들의 행렬은 참으로 장관이었다.

　그러한 모습을 줄라이아 호텔 펜트하우스에서 내려다보는 사드 국왕의 표정이 붉게 상기되었다.

　미국의 기갑 여단이야 알자라 주 북부에 있기에 이곳에선 볼 수 없지만, 사우디에 있던 미 해병대 전차 대대가 합류하여 영국, 프랑스 기계화 연대와 함께 달리고 있는 중이었다.

　비록 IS의 기갑 군단에 비해 동맹군의 전차 수가 적긴 하지만, 전차의 성능 부분에서는 훨씬 뛰어났다.

　그리고 전차를 보조해 줄 수 있는 장갑차의 숫자나 성능에서도 동맹군이 더 우세적인 입장.

　이러한 사실을 알고 있기에 출정을 지켜보는 사드 국왕이나 쿠웨이트 왕족들은 표정은 상기되어 있었다.

　이제 몇 시간 뒤면 급하게 빠져나왔던 왕궁으로 돌아갈 수 있을 것이란 희망이 보였기 때문이다.

　그런데 사드 국왕이나 사리드 왕자는 왕실 가족들과 다른 관점을 갖고 있었다. 그들인 미국이나 영국, 프랑스의 군대보다 가장 먼저 자신들에게 손을 내밀어주었던 지킴이 PMC와 한국군에 희망을 걸고 있었다.

게다가 비록 육상 전력은 아니지만 사드 국왕이 직접 승선해 살펴보았던 한국의 기동 함대 전함들은 그를 놀라게 하기 충분했다.

함선 승조원들의 군기 또한 쿠웨이트 왕실 근위군보다 뛰어났다.

뿐만 아니라 파워 슈트라는 첨단 무기로 무장한 해병대나 민간 기업이긴 하지만 여느 강대국보다 전력 면에서 우위에 있는 지킴이 PMC는 사드 국왕이나 사리드 왕자에게 강한 믿음을 심어주었다.

그렇기에 밝은 대낮에 작전을 수행하기 위해 출동하는 군대를 보면서도 걱정이 없었다.

"형님, 몇 시간 뒤면 왕궁으로 돌아가실 수 있을 것입니다."

사리드 왕자는 가슴이 벅찬지 약간 흥분한 목소리로 사드 국왕에게 말을 하였다.

사드 국왕도 같은 생각이었기에 아무런 말없이 그저 동맹군의 출정을 지그시 쳐다볼 뿐이다.

그러던 와중에 사드 국왕의 시선을 끄는 모습이 포착되었다.

한국군 쪽에서 뭔가 새로운 움직임이 포착되었기 때문

이다.

한국 해군 제1기동 전단의 기함인 해모수에 씌워져 있던 위장막이 걷힌 것이다.

"사리드, 저것이 보이나?"

"어떤 것을 말입니까?"

사리드 왕자는 사드 국왕이 자신을 부르며 무언가를 가리키자 고개를 돌려 살폈다.

"아니, 저 안에 무엇이 들었기에 한국군은 여전히 출발하지 않고 작업을 하는 것일까요?"

사리드 왕자도 의문이 드는 듯 물었다.

쿠웨이트 해방 작전을 위해 미국, 영국, 프랑스의 군대가 모두 출발하였는데, 한국군은 여전히 출발하지 않은 채 무언가 작업을 하고 있던 것이다.

위잉! 위잉!

대한민국 해군 제1기동 전단의 기함 해모수는 요란한 사이렌 소리를 울리며 갑판 위에서 작업하는 승조원들에게 경고를 보냈다.

그러자 승조원들이 급하게 선실 안으로 들어갔다.

순식간에 해모수의 갑판에는 아무도 남지 않았다.

그리고 승조원이 모두 선체 안으로 들어간 뒤 1분도 되지 않아 일단의 인영(人影)이 나와 그동안 위장막으로 가려져 있던 것을 걷어냈다.

위잉! 구그그긍! 턱!

하얀 옷을 입은 사람들이 갑판에서 커다랗고 네모난 상자의 어딘가를 잡고 조작하자 곧 커다란 상자가 열리기 시작하였다.

그 안에 있던 내용물은 아직 개발이 완료되지 않은 다목적 전술 헬기인 XH—1이었다.

한국군이 동맹군에도 내보이지 않은 XH—1을 꺼내든 이유는 해모수와 마찬가지로 실전에서 설계대로 작동을 하는지 시험을 하기 위해서였다.

XH—1은 자체적으로 밴시(Banshee)라는 이름으로 불렸다. 밴시는 아일랜드 전설에서 전해지는 존재로, 구슬픈 울음소리로 가족 중 누군가가 곧 죽게 될 것임을 알려주는 여자 유령을 칭했다.

그런데 XH—1이 밴시라는 이름을 가지게 된 이유는 표면에 발린 특수 물질 때문이다.

이 특수 물질은 메타 물질이라고 하는 것으로, 자연계에 존재하지 않는 특성을 구현하기 위해 빛의 파장보다 작은 크기로 만든 금속에 유전 물질로 설계된 메타 원자의 주기적인 배열로 이루어진 물질이다.

메타 물질은 자연상의 물질들로는 불가능한 방식으로, 빛과 음파를 상호작용하여 투명 망토와 고성능 렌즈, 효율적인 소형 안테나, 초민감 감지기 같은 새로운 응용 분야에 적용할 수 있었다.

실제로 미국은 메타 물질을 이용해 투명 망토를 만들어 특수부대에서 활용하고 있는 중이었다.

한데 그런 메타 물질이 XH—1에도 발려져 있었다. 전기 신호에 의해 표면에 칠해진 메타 물질이 가시광선을 굴절시켜 XH—1의 동체를 보이지 않게 만드는 것이다.

때문에 XH—1의 운행을 처음 본 연구원들은 유령이라는 의미로 고스트(Ghost)라 불렀다.

그러다 XH—1의 로터(Rotor, 회전날개) 돌아가는 소리가 마치 여자가 흐느끼는 소리와 비슷하다고 하여 일부 사람들이 아일랜드 전설에 나오는 여자 유령인 밴시라 부르면서 그렇게 굳어졌다.

사실 이 메타 물질은 미국에서도 극비로 취급되는 물질

로, 한국은 너무도 우연한 기회에 손에 넣게 되었다.

예전 미국은 수한이 개발한 플라즈마 실드 발생 장치를 탈취하기 위해 특수부대인 CIA 처리팀을 한국에 파견했다.

하지만 비밀 임무 도중 라이프 메디텍 보안대에 붙잡히면서 CIA 처리팀이 가지고 있던 투명 망토와 장치들을 한국이 확보하게 된 것이다.

물론, 무턱대고 사용했다가는 미국이 가만 두고 보지 않았을 것이다.

다만, 어렵게 양성한 CIA 처리팀을 무사히 미국에 돌려보내며, 미국이 동맹인 한국의 전략물자를 노리고 비밀 작전을 펼쳤다는 사실을 숨겨주는 대가로 사용 허가를 내줄 수밖에 없었다.

물론, 해당 기술을 외부에 판매하지 못하게 막았지만 말이다.

어찌 되었든 한국은 메타 물질을 생산할 수 있는 기술을 얻게 되었고, 그것을 차세대 다목적 전술 헬리콥터 개발에 적용했다.

현재 XH―1 밴시는 해모수에 총 두 대가 있는데, 쿠웨이트 해방 작전에 모두 투입하여 시험할 계획이었다.

XH―1 밴시의 제원은 자체 중량 6.5톤에 최대 이륙 중량은 13.8톤, 그리고 최대 속도 550㎞/h에 최대 항속 거리는 5,000㎞, 실용 상승 한도는 6,500m에 달했다.

이는 최강의 공격 헬기라는 미국의 AH—64D 아파치롱 보우나 러시아의 ka—50/52 호쿰보다 훨씬 뛰어난 성능을 지녔다.

특히, 최대 속도나 최대 이륙 중량은 1.5배에 달하는 엄청난 것이었다.

최대 이륙 중량이라는 것은 한마디로 헬리콥터가 최대한 화물을 싣고 이륙할 수 있는 중량을 말하는 것으로, 그만큼 더 많은 무장을 할 수 있다는 말과 일맥상통하는 의미였다.

아무튼 지금 해모수의 갑판 위에서는 XH—1이 이륙 준비를 하고 있었다. 쿠웨이트 해방 작전을 보다 성공적으로 수행하기 위해 유령과도 같은 XH—1이 출동하는 것이다.

일반적인 헬리콥터는 속도가 느려 휴대 미사일이 장착되어 있는 IS의 전차나 BMP에 손쉬운 먹잇감이 될 수 있기에 이번 작전에는 투입하지 않기로 하였다.

하지만 XH—1은 그런 위험에서 벗어났다고 말할 수 있기에 한국군은 이를 적극 활용하기로 하였다.

물론 전투를 치르면서 축적된 데이터는 성능을 보다 업그레이드하는 데 활용될 것임은 두말할 필요도 없지만 말이다.

XH—1이 갑판 위에 모습을 드러내자 조종수가 탑승하였다.

<u>스스스스</u>, <u>흐흐흐흐</u>!

두 개의 로터가 돌아가면서 속도가 더해지자 그 소리는 정말로 여성의 흐느낌 소리와 비슷해졌다.

XH—1는 전기 모터로 로터가 돌아가기에 일반 헬리콥터보다 무척이나 정숙성이 뛰어났다.

로터가 빠르게 회전을 하면서 이윽고 XH—1이 공중으로 떠오르기 시작하였다.

"통제실! 여기는 밴시 원!"

— 여기는 통제실. 말하라, 밴시 원.

공중에 떠올라 해모수함을 선회하던 XH—1은 함교에 있는 통제실과 교신을 하였다.

"이만 출동해도 되겠나?"

XH—1은 아직은 군에 정식으로 취역한 것이 아니기에 다시 한 번 허가를 구하는 것이다.

— 밴시 원, 출동 허가한다. 다시 한 번 반복한다. 출동을 허가한다.

"알겠다. 그럼 나중에 보자!"

밴시 원의 조종수는 통제실의 허가가 떨어지자 은신 [Hide] 모드로 전환해 날아갔다.

밴시 원이 쿠웨이트 시 방향으로 향하자, 뒤이어 밴시 투도 뒤를 따라 날아올랐다.

연구원들은 하나같이 자부심이 가득한 눈으로 XH—1 두 대가 사라진 하늘을 쳐다보았다.

이미 메타 물질을 활성화했기에 XH—1의 모습은 보이지 않지만, 쿠웨이트 시 상공 어디엔가 그들이 있을 것이기에 뿌듯한 마음이 절로 들었다.

한편, 그러한 모습을 줄라이아 호텔 창가에서 우연찮게 보게 된 사드 국왕과 사리드 왕자는 너무도 놀라 입을 다물 수가 없었다.

쿠웨이트 왕궁.

IS는 미국과 동맹국에 이라크를 해방시키겠다며 거짓된 소문을 퍼뜨려 미국과 동맹국의 전력을 엉뚱한 곳에 투사하도록 만들었다. 그리고 정작 자신들은 기갑 군단을 이용해 선전포고도 없이 쿠웨이트를 점령하였다.

하지만 왕궁까지 점령하면서 정작 중요한 것을 놓치고 말았다.

IS 침공군의 안전을 담보해 줄 쿠웨이트 왕족을 한 명도 확보하지 못한 것이다.

아니, 오히려 사드 국왕과 왕족들을 붙잡기 위해 파견된 부대가 전멸을 당했다.

그것으로도 모자라 쿠웨이트 시 남부를 통제하던 전차 부대마저 심각한 피해를 입고 저지선이 뚫리고 말았다.

그 때문에 왕궁을 빠져나간 쿠웨이트 국왕과 왕족들이 저지선을 뚫고 자신들의 포위망을 벗어나는 데 성공했다.

IS의 쿠웨이트 침공군 사령관인 아부살만은 오마르 여단장에게 빠져나간 쿠웨이트 왕족들을 끝까지 추적해 신병을 확보하라는 명령을 내렸다.

하지만 결과적으로 그 명령은 독이 되어 돌아왔다.

쿠웨이트 왕족을 추적하던 오마르의 기갑 여단과 엘퀴소를 담당하던 압둘라의 전차 대대는 적의 함정에 빠져 전멸하고 말았다.

전차 157대, BMP 123대가 파괴되었으며, 사상자만 해도 1,400여 명에 달하는데, 그중에는 하급 지휘관들이 상당수 포함되었다.

타깃을 놓친 것 때문에 화가 나 그런 명령을 내렸는데, 결과는 더욱 참담했던 것이다.

사실 오마르의 기갑 여단이나 압둘라의 전차 대대는 말이 기갑 여단이고 전차 대대일 뿐, 엄밀히 따지면 각각 서방국가의 기갑 사단, 기갑 여단보다 병력이 많았다.

이는 IS의 기갑 군단 내에 지휘 능력이 뛰어난 이들이 없어 어쩔 수 없이 기형적인 편제를 취한 것이었다.

그런데 그동안 문제가 없던 편제가 이번만큼은 큰 문제로 작용했다.

지휘관이 부족해 기형적인 편제를 취하긴 했어도 사실 대규모 집단 전투에서는 별다른 부작용이 없었다. 이번 전투에서도 적의 강력한 소수 정예가 지휘관들을 저격하면서 명령 체계가 마비된 탓이 컸다.

결국 그런 이유로 쿠웨이트 왕족들을 추적하던 오마르의 부대는 전멸하고 말았다.

처음 교전이 벌어졌을 때만 해도 압도적인 병력으로 밀어붙이는 듯했지만, 오마르를 비롯한 지휘관들이 저격으로 목숨을 잃자 단번에 문제가 불거진 것이다.

지휘관이 죽고 명령 계통에 혼란이 벌어지자 겁을 먹고 전장을 빠져나가려는 자들이 발생한 것이다.

설상가상으로 좁은 지형 탓에 전진할 길목과 도망칠 퇴로가 막힌 상황에서 저마다 전장을 벗어나려고 하니 당연히 혼란은 가중되고 전장은 개판이 되었다.

그런 와중 IS의 기갑 부대 머리 위로 미사일이 날아드니 전멸은 기정사실인 셈이었다.

어쨌든, 아군의 참담한 괴멸 소식을 접한 아부살만은 도저히 믿을 수 없다는 듯 한동안 정신을 차릴 수 없었다.

쾅!

"도대체 부대를 어떻게 운영했기에 그 많은 전력이 전멸할 수가 있냔 말이야!"

아부살만은 그야말로 머리끝까지 화가 치밀어 올랐다.

그가 알기로 전차 500대와 BMP 200대, 그리고 보병 2천 명을 상대할 전력은 쿠웨이트 내에는 전혀 없기 때문이었다.

물론, 사우디아라비아에 주둔하고 있는 미 해병대라면 가능할지도 모르지만, 전쟁이란 그리 간단한 것이 아니다.

아무리 동맹국이라 해도 군대가 국경을 넘기 위해선 많은 절차가 필요한 법. 여러 가지 복잡한 행정적 절차도 필요하고, 또 승인이 나더라도 부대 이동까지는 상당한 시일이 소요되는 게 당연했다.

만약 미국이 쿠웨이트 국왕과 왕족들을 구출하기 위해 긴급하게 군대를 파견했다고 해도 전차 500대와 BMP 200대를 전멸시킬 수 있는 대규모 부대를 파견하지는 않았을 것이다.

그런데 실제로 믿지 못할 일이 벌어졌다. 쿠웨이트 왕족들을 추적하던 오마르의 기갑 여단이 전멸한 것이다.

사실 오마르의 기갑 여단이 전멸했다는 사실도 너무 오랜 시간 보고가 올라오지 않아 정찰대를 보내고 나서야 그들이 전멸했다는 것을 알게 되었다.

아부살만은 쿠웨이트 침공에 대해 쉽게 생각을 하였다.

쿠웨이트의 방어 전력에 비해 자신이 이끄는 부대의 전력은 압도적으로 우세했다.

일부러 지려 해도 쉽지 않을 만큼 절대적인 격차가 존재했던 것이다.

그런데 막상 뚜껑을 열고 보니 아군의 피해가 생각 이상으로 엄청났다.

비록 쿠웨이트 왕궁을 차지하기는 했지만, 그 과정에서 전차 480대와 BMP 335대를 잃었다.

그런데 그에 더해 오마르의 기갑 여단이 전멸하였고, 오마르를 따라 나선 압둘라의 전차 대대도 괴멸하고 말았다.

자신의 예하에 있던 기갑 전력의 1/3이나 날아간 것이다.

이제 점령군의 전차 수는 2천 대가 채 안 되는 1,958대에 불과했다.

땅만 차지한 채 원래 목표였던 쿠웨이트 국왕은 잡지도 못하고 전력은 전력대로 소모되었으니 아부살만은 화를 주체할 수가 없었다.

그런데 그 순간, 화가 머리끝까지 난 그를 현실로 돌아오게 하는 굉음이 들렸다.

쾅!

"뭐, 뭐야! 무슨 일이야?"

아부살만은 부하 지휘관들을 불러 호통을 치고 있다가 갑자기 밖에서 들려오는 폭발 소리에 깜짝 놀라 물었다.

놀란 것은 아부살만만이 아니었다.

그와 함께 있던 IS의 지휘관들도 갑작스런 폭발음에 놀라기는 마찬가지였다.

"사령관님, 큰일 났습니다!"

그때, 부관이 달려 들어와 소리치며 들어왔다.

"무슨 일이야! 밖에 무슨 일이기에 폭발 소리가 들리는 거야!"

아부살만의 부관은 조금 전 수신한 무전 내용에 대하여 황급히 말을 전하였다.

"현재 적으로부터 공격을 받고 있다고 합니다."

"적의 공격을 받는다고?"

"예."

"그게 누군가? 미국인가? 영국?"

아부살만은 대체 누가 자신들을 공격하고 있는지 물었다. 그 질문에 부관이 어두운 표정으로 대답하였다.

"그게… 공중에서 미사일이 날아오기는 하는데, 적의 모습은 보이지 않는다고 합니다."

"뭐야? 적이 보이지를 않아? 그럼 지금 공격하고 있는 게 유령이라도 된다는 말인가?"

"사령관님, 그것이… 주변에서 여자 울음소리 비슷한 것이 들리기도 한다고,"

"그만! 너는 지금 정신이 있는 거야, 없는 거야! 그게 말이 된다고 생각하나?"

아부살만은 부관이 아무것도 보이지 않는데 여자의 울음소리가 들린다고 하자 더는 참지 못하고 소리쳤다.

야심한 밤중도 아니고, 환한 대낮에 호곡(號哭) 소리가 들린다니 어처구니가 없었다.

얼마 전에는 죽은 전차 대대장인 압둘라가 신벌이니 뭐니 하면서 어처구니없는 소리를 하더니, 이제는 대낮에 여자 울음소리가 들린다는 소리나 해 대니 절로 화가 났다.

아부살만이 부관을 향해 화를 토해내고 있는 중에도 밖에서는 폭발음이 연이어졌다.

ㅎㅎㅎㅎ!

아무것도 없는 하늘에 여자의 호곡성이 흐르고 있었다.

해모수에서 출발한 XH—1 밴시가 쿠웨이트 시를 점거하고 있는 IS 군을 처리하기 위해 날고 있었다.

"여기는 밴시 원, 목표에 접근했다."

XH—1의 조종사인 김효원 상사는 쿠웨이트 시 상공에 도착하자 모함인 해모수의 통제실에 무전을 날렸다.

현재 해모수함을 떠난 밴시 원과 밴시 투는 쿠웨이트 상공에 떠서 명령을 기다리는 중이었다.

— 밴시 원, 10분 뒤 지상군이 작전에 돌입한다. 지상군이 쿠웨이트 시로 들어갈 수 있게 적의 저지선을 처리해 주기 바란다.

"알겠다."

통제실의 명령에 따라 김효원 상사는 은신을 한 상태에서 쿠웨이트 상공에 대기하였다.

10분 정도 쿠웨이트 상공에 대기를 하자 쿠웨이트 해방 작전 개시 시간이 되었다.

"밴시 원, 작전 돌입하겠다."

김효원 상사는 작전시간이 되자 무전을 날리고 링크를 걸어둔 타깃에 로켓을 발사하였다.

슝! 슝! 슝!

XH—1의 양옆에 달려 있는 50㎜ 로켓이 발사되는 것과 동시에 자체 내장된 레이저 조준기를 통해 표적의 정보를 읽으며 정확하게 날아가 목표에 명중하였다.

쾅! 쾅! 쾅!

한데 직선으로 날아가는 보통 로켓과 달리 XH—1에서 발사된 로켓은 완만한 곡선을 그리며 목표를 찾아가는 게 아닌가.

김효원 상사가 조종하는 밴시 원은 쿠웨이트 남부 진입 도로를 막고 있던 IS의 T—72 전차와 BMP를 파괴하고, 아군이 쿠웨이트 시로 진입하기 편하도록 IS가 막아놓은 바리케이드를 처리한 뒤, 다음 목표인 쿠웨이트 왕궁으로 향했다.

◈　　　◈　　　◈

　쿠웨이트 해방 작전을 수행하기 위해 쿠웨이트 시 남부에 도착을 한 지킴이 PMC와 한국군(신분을 위장한 지킴이 PMC 일부 직원)은 IS 군이 포진한 진영을 쳐다보았다.

　쿠웨이트 시 남부를 틀어막고 있는 IS의 전차와 BMP는 눈으로 보이는 것만 해도 전에 상대한 기갑 부대보다 많았다.

　아부살만은 이곳 쿠웨이트 시 남부에 2천여 대의 전차 중 절반인 1천 대의 전차를 배치하였다.

　그가 그토록 많은 전력을 이곳에 배치한 이유는 왕궁을 탈출한 쿠웨이트 국왕과 왕족들이 킹 파하드 빈 앰덜 아지즈 로드를 통해 탈출했던 것처럼 이곳을 통해 동맹군을 데리고 올 것이라 판단했기 때문이다.

　사실 남부뿐 아니라 쿠웨이트 시로 들어올 수 있는 길목마다 많은 전차와 BMP를 배치하였다.

　지금 지킴이 PMC와 한국군을 지휘하고 있는 것은 지킴이 PMC의 리철명 부사장이었다.

수한 역시 쿠웨이트 해방 작전에 직접 참여하고 싶었지만, 전쟁이란 여러 가지 변수가 작용할 수 있기에 이번에는 해모수함에 타고 드론이 보내는 현장 상황을 지켜보기로 하였다.

"모두 준비해라!"

리철명은 무전으로 전투 준비를 명령하였다.

현재 지킴이 PMC와 한국군의 전력은 마주한 IS 군에 비해 객관적으로 열세였다.

저마다 첨단 장비로 무장하고 있지만 전차나 BMP 같은 기갑 전력은 상대가 되지 않을 정도로 수가 적었다.

현재 지킴이 PMC와 한국군이 보유한 기갑 전력이라고는 장갑차인 KF—300 50대와 KM—2 50대뿐이었다.

소형 전술 차량인 KM—2는 미국의 JLTV와 같은 목적으로 개발된 것으로, 작고 가벼운 중량으로 빠르게 이동하는 것을 목적으로 개발되었다.

KM—2의 제원은 6인승에 300마력 디젤 엔진을 장착하고, 200㎜의 장갑 방어력을 가지고 있다.

그리고 무장은 차체 상부에 12.7㎜ 중기관총이 달려 있는데, 이 중기관총은 차량 안에서 조종할 수 있었다.

물론 용도에 따라 12.7㎜ 중기관총이나 7.62㎜ 기관총,

다목적 휴대 미사일 포트를 교체할 수도 있게 설계되어 있었다.

그런데 현재 이곳에 있는 KM—2는 육군에 납품된 차량이 아니라 개량이 된 것이고, 지킴이 PMC의 장비들 또한 수한에 의해 모두 개량된 것들이다.

이곳에 있는 KM—2는 300마력 디젤엔진을 들어내고 대신 동급의 전기 모터를 사용하였으며, 무장은 KF—300에 달려 있는 30㎜ 코일건을 장착하고 있었다.

수한이 장비들을 개량한 이유는 지킴이 PMC가 보유한 차량에는 모두 그 자신이 개발한 핵융합 발전기를 달았기 때문이다.

보다 빠른 기동성과 화력을 확보하기 위해 개량한 것이다.

물론 30㎜ 코일건으로는 아무리 최대 전력을 사용한다고 해도 IS가 보유한 T—72 전차를 파괴할 수 없었다.

그렇다고 아주 상대하지 못하는 것은 아니었다.

두터운 전면 장갑은 파괴할 수 없겠지만, 상대적으로 방어력이 약한 측면이나 엔진이 있는 후면을 공격한다면 충분히 승산이 있었다.

게다가 IS의 전차와 BMP를 상대할 기갑 차량은 부족하지만, 지킴이 PMC와 한국군은 모두 파워 슈트로 무장하고 있으며 그중에는 전차를 파괴할 수 있는 휴대용 미사일을 자기고 있는 인원도 있었다.

오전 10시. 드디어 약속된 작전 개시 시간이 되었다.

쾅! 쾅!

아무것도 없는 쿠웨이트 상공에서 로켓이 발사되었다.

해모수함에서 출발한 XH―1 밴시가 은신하고 있다 작전시간이 되자 공격을 시작한 것이다.

작전의 시작을 알리는 밴시의 공격이 불을 뿜자 대기하고 있던 지킴이 PMC와 한국군도 공격을 시작하였다.

IS의 T―72의 공격이 닿지 않는, 5㎞ 떨어진 거리에서 발사되는 휴대용 미사일은 엄청난 속도로 날아가 타깃에 명중하였다.

쾅! 쾅!

투투투투!

미사일이 날아오자 쿠웨이트 시를 점령하고 있던 IS 군도 반격을 시작하였다.

하지만 너무도 멀리 떨어진 터라 IS 군의 공격이 닿지 않았다.

팡! 팡!

사막의 모래언덕 위에서는 지킴이 PMC 직원 중 리퍼들이 IS 군을 향해 공격을 퍼부었다.

그런데 리퍼들의 무기는 한국을 출발할 때 보급 받은 레일건이 아니었다.

지금 그들이 들고 있는 것은 30㎜ 코일건이었다.

원래 코일건은 지킴이 PMC가 보유하고 있던 KF—300의 일부 차량에 달려 있었는데, 쿠웨이트 국왕과 왕족들을 탈출시키는 과정에서 리퍼의 주력 무기인 레일건의 문제점이 발견되면서 교체를 한 것이었다.

파괴력은 설계한 만큼 나왔지만, 소모되는 에너지양이 설계보다 많았기 때문이다.

어딘가에서 오차가 생겼는지 에너지 누수가 예상보다 심각하였다.

때문에 리퍼가 예상보다 오랜 시간 전장에 있을 수 없게 되었다.

리퍼의 설계 목적은 위험한 적을 원거리에서 저격함으로써 아군의 작전시간을 늘려주는 것이었다.

즉, 포병처럼 원거리 공격을 통한 화력지원과 위험한 적을 저격함으로써 아군의 작전 성공률을 높인다는 두 가지 목적을 가지고 개발한 것이다.

한데 레일건의 에너지 소비가 예상보다 심각해 작전에 투입 불가 판정을 내리게 되었다.

다만, 리퍼보다 에너지 보유량이 뛰어난 차량에서 사용하기에는 무리가 없다는 판단에 일단 KF—300에 있는 300㎜ 코일건을 떼어내고 그 자리에 레일건을 장착하였다.

그리고 KF—300에서 떼어낸 30㎜ 코일건은 들고 쓸 수 있도록 방아쇠와 개머리판을 개조하여 리퍼가 사용하게 되었다.

사실 이 30㎜ 코일건도 원래 파워 슈트를 착용한 보병이 사용할 수 있게 개발한 것이기에 개조는 쉬웠다.

레일건에서 코일건으로 교체가 되면서 화력이 떨어지기는 했지만, 그래도 리퍼의 위력은 여전히 무시무시했다.

원래 원거리 저격을 목적으로 개발된 리퍼는 정밀한 사격 통제 장치를 가지고 있었다.

그런 이유로 위력이 조금 떨어진다 해도 리퍼는 충분히 코일건의 위력을 극대화시킬 수 있었다.

T—72의 전면 장갑이 다른 부위에 비해 두텁다고 하지만 취약한 부위도 있기는 하였다.

차체와 포탑을 연결하는 조인 부위나 조종수가 외부를 살피기 위한 창이 바로 그것이다.

리퍼는 그런 취약한 부위를 정확하게 노리며 30㎜ 코일
건을 발사하거나 측면을 보이는 전차가 보이면 과감하게 공
격하였다.

조용한 암살자의 면모를 여실히 보여주고 있는 리퍼의 공
격에 쿠웨이트 남부를 방어하고 있는 IS 군은 두려움을 느
꼈다.

자신들을 공격하는 적의 숫자는 별로 되지 않지만, 어디
서 날아오는지 알 수 없는 공격 앞에서는 우왕좌왕할 수밖
에 없었다. 게다가 옆에 있는 동료들이 소리 없이 죽어 나
가는 모습은 아무리 신념이 투철한 사람이라도 두려운 마음
을 갖게 하기에 충분했다.

자신들의 공격에 IS의 방어선이 일부 무너지는 모습을
본 리철명은 기회를 놓치지 않겠다는 듯 기동성이 뛰어난
KM—2 부대에 명령을 내렸다.

"살쾡이는 킹 파하드 빈 앰덜 아지즈 로드를 타고 도시
안으로 침투하라!"

리철명의 명령이 떨어지기 무섭게 IS의 BMP들을 공격
하고 있던 KM—2가 병력을 태우고 이동을 개시했다.

KM—2들이 전장을 빠져나는 모습을 두 눈 뜨고 지켜보
면서도 IS 군은 저지할 능력이 없었다.

너무도 먼 거리에서의 교전이었기에 솔직히 지금 IS 군이 할 수 있는 것은 아무것도 없었다.

"리만철 상무!"

— 예, 리만철입니다.

"리 상무는 꽃범 1에서 10까지를 이끌고 동부 해안을 타고 왕궁까지 치고 올라가시오."

리철명은 변화하는 전장 상황에 맞춰 리철명에게 새로이 지시를 내렸다.

남부 방어선을 형성하고 있던 IS의 기갑군이 지킴이 PMC와 한국군의 공격을 피해 도시 내부로 들어가자 변화를 준 것이다.

숫자는 적지만 강력한 무기의 성능을 앞세워 원거리에서 공격을 가하자 IS로서는 지킴이 PMC와 한국군을 막을 도리가 없었다.

적이 쏘아대는 공격을 그저 멍하니 맞고만 있어야 하는 IS의 지휘관으로서는 어쩔 수 없는 선택이었다.

저지선을 형성하고 있던 병력의 절반이 넘는 수가 더 이상 전투를 수행할 수 없는 지경에 이르거나 파괴되었다.

특히, BMP들의 피해가 극심했다.

지킴이 PMC나 한국군의 공격 한 발, 한 발이 장갑 방어력이 취약한 BMP에게는 카운터펀치나 마찬가지였다.

BMP를 공격을 하는 지킴이 PMC나 한국군은 무기는 모두 30㎜ 이상의 중화기들이었다.

더욱이 화약으로 쏘는 것도 아니고, 전자기력을 이용한 강력한 공격이기에 무척이나 위력적이었다.

30㎜ 코일건은 사실 90㎜ 전차포와 비슷한 위력을 가지고 있었다.

그렇기 때문에 12.7㎜ 중기관총에도 뚫리는 장갑을 가지고 있는 BMP로서는 30㎜ 코일건을 쏘는 리퍼나 KF—300, KM—2의 공격을 막아낼 수가 없었다.

그 때문에 600대에 이르던 BMP 중 멀쩡히 기동을 하는 것은 이제 100대도 채 되지 않았다.

100대도 남지 않은 BMP의 승조원들은 뒤늦게라도 후퇴 명령을 내린 지휘관에게 고마움을 느꼈다.

하지만 그들의 행운은 거기까지였다.

언제 옆으로 돌아갔는지 후퇴하는 도중 쿠웨이트 시 내부에서 기습을 받았기 때문이다.

쾅! 쾅!

킹 파하드 빈 앰덜 아지즈 로드를 타고 북상했던 KM—2들은 엘쿼소 부근에서 더 이상 북상하지 않고 반전을 하였다.

KM—2에는 드론으로부터 전장 정보를 받아 볼 수 있게 모니터가 달려 있었는데, 모니터로 엘퀴소 북쪽 사바 엘 살렘에 200대가 넘는 T—72 전차들이 도열하고 있는 모습을 확인하고 진로를 돌린 것이었다.

만약 KM—2에 T—72를 상대할 수 있는 무기가 달려 있었다면 그대로 북상했을 테지만, 현재 KM—2에는 T—72를 상대할 무기가 없었다.

그래서 일단 보병들만 내려두고 후퇴하는 IS 군을 기습하기 위해 남하했다.

양 방향에서 가운데 낀 적을 공격하려는 것으로, 일명 '망치와 모루' 작전이었다.

KM—2는 자신들이 타격할 수 있는 목표인 BMP나 IS의 보병들을 가차 없이 공격하였다.

후퇴하는 T—72는 북상을 하는 KF—300에 맡기면 되기에 자신들이 할 수 있는 일만 하면 되는 것이다.

한편, 쿠웨이트 동부 해안을 따라 북상하던 리만철 상무도 중간 중간 보병들을 하차시키면서 북상을 하는 중이었다.

다만, KM—2로 구성된 살쾡이들과 다른 점은 KF—300에 탑승하고 있던 지킴이 PMC들 중에는 전차를 상대할 수 있는 휴대용 미사일을 가지고 있는 직원들이 있다는 것이었다.

그 덕분에 건물 뒤에 숨어 있다가 후퇴하는 T—72나 BMP들이 눈에 보이면 사냥을 하듯 한 대, 한 대 파괴하였다.

그리고 리만철 상무의 부대와 함께 이동한 일부 리퍼는 적당한 건물에 올라가 IS 군을 저격하였다.

8.
쿠웨이트 해방

미국 제288기갑 여단은 쿠웨이트 해방 작전 시각이 되
자 알자라 주를 지키고 있는 IS를 공격하였다.

두 배가 넘는 T—72 전차를 상대로 미군의 M1A3 전차
는 압도적인 전투를 벌였다.

쾅! 쾅!

사실 2세대 전차인 T—72 전차로는 미국의 M1A3 전
차를 상대할 수 없었다.

1990년, 이라크가 쿠웨이트를 강제 점거하면서 발발된
전차전에서 두 전차의 성능 차이는 여실히 드러났다.

이라크 군의 T—72 전차가 3,000대 이상 파괴될 때,

미국의 M1 전차는 단 두 대만이 파괴되었을 뿐이다.

그것도 아군이 오인 사격으로 인한 피해였을 뿐이고, T—72 전차에 의한 파괴는 단 한 대도 없었다.

그 후로 T—72 전차를 보유한 국가들은 전차의 성능을 향상시키기 위해 많은 개량을 거듭하였다. 그중 대표적인 것이 전면 장갑에 방어력을 높이기 위해 반응 장갑을 덧댄 T—72M2와 주포에서 대전차 미사일을 발사할 수 있게 만든 T—72B였다.

한데 IS는 개량된 T—72 전차를 다시 한 번 업그레이드하였다. 방어력을 더욱 높이기 위해 원래 부착된 장갑 위에 한 번 더 장갑을 덧대고, 그 위에 반응 장갑을 부착한 것이다.

그리고 화력을 높이기 위해 포탑 외부에 러시아제 휴대용 미사일 네 기를 추가로 설치하였다.

그 결과, 비록 기본 성능에선 미군의 M1A3에 미치지 못하지만, 부수적으로 갖춘 장비로 인해 화력 측면에서는 결코 밀리지 않았다.

그런데 이러한 IS 군의 T—72 전차의 성능을 잘 알면서도 미국 제288기갑 여단 전차들은 과감하게 뛰어들어 공격을 감행했다.

물론 그런 행동을 취하는 데는 다 이유가 있었다.

바로 3년 전 한국으로부터 들여온 한 가지 장비 때문이다.

3년 전, 대한민국은 세계 최초로 플라즈마 실드라는 엄청난 방어형 무기를 개발하였다.

처음 한국이 개발에 성공했을 때, 미국은 플라즈마 실드 발생 장치를 습득하기 위해 갖은 방법을 동원하였다.

그중에는 불법적인 방법까지 포함되었지만, 결론적으로 말해 미국은 목적을 이룰 수 없었다.

오히려 자국의 치부만 한국에 알려지게 되어 외교적으로 손해를 보게 되었다.

다만, 협상 과정에서 미국의 손을 놓을 수 없는 대한민국의 입장상 플라즈마 실드 발생 장치를 수출하는 것으로 결론을 내렸다.

물론, 오리지널을 수출한 것이 아니라 마침 다운그레이드 버전이 개발되어 그것을 수출하였다.

이후 미국은 IS와 전쟁을 치르기 위해 이라크와 시리아에 파견 나간 기갑 부대에 플라즈마 발생 장치를 보급하였다.

비록 다운그레이드 버전이긴 해도 그 성능은 예상대로 대단하였다.

전차의 천적이라 불리는 대전차 미사일에도 피해를 입지 않으며 전차병의 생명을 지켜줄 수 있었다.

그런 효과 때문에 플라즈마 실드 발생 장치를 수입할 수 있게 힘을 쓴 정부의 지지율이 상승하기도 했다.

아무튼 플라즈마 실드를 앞세운 미군의 M1A3 전차에 의해 IS 군은 서서히 뒤로 밀릴 수밖에 없었다.

"1대대는 알 도하 웨스트 포인트를 정리하라!"

288기갑 여단의 여단장인 레온 하트 대령은 알자라 주에 있던 IS 군을 모두 토벌하고 전진을 하던 중 1대대에게 명령을 내렸다.

1대대가 도하 로드를 달려 알 도하 웨스트 포인트로 향하자 남은 대대들은 레온 하트 여단장과 함께 도하 로드를 지나 엘 아디야로 진출하였다.

레온 하트 대령은 IS의 기갑 부대를 거침없이 밀어붙이며 전진하였다.

그렇게 질주하던 미군은 순간 전차 조준경을 통해 놀라운 광경을 목격하게 되었다.

후퇴하던 T—72와 BMP들이 갑자기 폭발하는 장면이 눈에 들어온 것이다.

미군이 운용하는 M1A3는 그동안 많은 업그레이드를 하였다.

예산상의 문제로 다른 나라들이 차세대 주력 전차를 개발하고 있을 때, 미국은 오랜 경제적 적자와 실업률로 인해 국방에 들어가는 예산을 줄였다.

그 때문에 미 국방부는 그동안 방만하게 운용하던 무기 개발에 대하여 재검토를 할 수밖에 없었고, 필요한 곳에만 예산을 집행하였다.

하지만 차세대 주력 전차 개발은 예산을 얻어내는 데 포함되지 못했다.

군 내, 외부에서 전차 무용론이 대두되면서 차세대 주력 전차 개발 계획이 폐기된 것이다.

다만, 그동안 연구 개발을 하던 장비들을 기존 M1(에이브람스) 전차에 적용하여 업그레이드하는 쪽으로 계획을 변경하였다.

그러면서 전투기에 있는 데이터 링크 시스템도 M1A3 전차에 적용되었다.

그 말인즉, 이미 한 번 표적을 타깃팅하면 다른 아군 전차에서는 위험한 표적이라 여기지 않아 조준이 되지 않는 시스템이 장착된 것이다.

복잡한 전장에서 위험한 표적을 먼저 조준하는 것이 무엇보다 중요하다.

전차가 처음 개발되고 세월이 흐르면서 전차는 화력을 높이기 위해 주포의 구경을 늘려갔다.

그러다 보니 한정된 공간에 적재할 수 있는 포탄의 수량이 점점 줄어들었다.

예전처럼 표적이 보인다고 무턱대고 쏘는 것이 아니라 보다 효율적으로 발사를 해야 한다는 의미였다.

굳이 동료가 타깃팅하고 파괴한 전차에 대고 부족한 포탄을 낭비할 필요는 없었다.

물론, 아무리 현대화된 시스템을 가져와도 인간인 이상 실수할 수밖에 없는 것이 사실이지만 말이다.

아무튼 겨누고 있던 타깃이 아무런 공격도 받지 않았는데 갑자기 폭발하는 모습에 미군들은 현재 상황을 쉽게 받아들이지 못했다.

뭔가 자신들이 모르는 어떤 일이 벌어지고 있음을 깨닫기까지는 그리 오래 걸리지 않았다.

새롭게 업그레이드한 조준경으로 T—72 전차나 BMP들이 파괴되는 원인을 파악할 수 있었다.

쿠웨이트 시 중심부에 있는 건물 옥상에서 누군가 IS의 전차와 BMP들을 공격하는 모습이 목격된 것이다.

멀리 떨어진 건물 옥상에서 빛이 번쩍이면 IS의 전차나 BMP가 기동을 멈추더니 폭발에 휘말렸다.

이러한 모습을 목격하게 된 M1A3 전차병들은 놀라움을 감추지 못했다.

"뭐야? 저기 누가 공격을 하고 있는 거지?"

— 도대체 어떤 무기이기에 IS의 전차가 폭발하는 거야?

여단장인 레온 하트 대령은 물론이고, 무전을 주고받는 미군들까지 상대의 정체를 궁금해하였다.

그런데 그런 의문을 품은 이들은 비단 미군들만이 아니었다.

공동으로 쿠웨이트 해방 작전을 펼치고 있는 프랑스나 영국의 군대도 똑같은 의문을 가졌다.

쾅! 쾅!

프랑스와 영국의 기계화 연대는 쿠웨이트 중부에 위치한 쿠웨이트 공항을 좌우로 돌아 그곳을 방어하고 있는 IS 군과 전투를 벌여 나갔다.

하지만 이곳에서는 미국이 맡은 서부나 지킴이 PMC와 한국군이 전투를 벌이는 남부와 다른 양상이 벌어지고 있었다.

어느 한쪽의 일방적인 전투가 아니라 서로 치열하게 치고받는 격전인 것이다.

아니, 연합군이 우세를 보이는 서부나 남부와 다르게 프랑스, 영국군이 상대하는 IS의 기갑 부대는 수적 우위를 바탕으로 우세한 전투를 벌이고 있었다.

사실 전차의 성능은 프랑스나 영국의 전차들이 월등히 우수했다.

T—72 전차는 2세대 후반의 전차로, 3세대 전차로 무장한 프랑스나 영국의 전차에 비해 그리 약하지 않지만, 방어력은 그렇지 못했다.

800마력밖에 되지 않는 엔진으로 인해 T—72 전차는 기동성을 위해 차체의 중량을 줄일 수밖에 없었다.

그러다 보니 장갑의 두께가 얇아질 수밖에 없었고, 120㎜ 포가 아닌 105㎜ 포에도 파괴가 될 정도로 방어력은 형편없었다.

그런데 지금 현장에서 벌어지는 상황은 우수한 전차를 보유한 프랑스 영국 연합이 밀리고 있는 형국이었다.

그 원인은 바로 T—72의 포탑 상부에 달린 대전차 미사일 때문이었다.

IS는 모든 전차가 네 기의 대전차 미사일을 달고 있었는데, 아무리 단단한 장갑을 가지고 있는 전차라 해도 대전차 미사일을 막을 수는 없었다.

그 때문에 프랑스 영국 연합군은 IS의 기갑 부대를 상대로 고전할 수밖에 없던 것이다.

전체 전력의 숫자에서 밀리고, 또 보유한 대전차 미사일 숫자에서도 밀리고 있기에 효과적으로 IS의 기갑 부대를 상대하지 못하고 서서히 뒤로 밀려나고 있는 중이었다.

"막아!"

프랑스와 영국의 지휘관들은 대전차 미사일을 발사하는 IS의 전차와 BMP를 보며 고함을 질러 댔다.

하지만 무전기에 대고 그렇게 고함을 질러봤자 IS의 대전차 미사일 공격을 막을 수단이 생기는 것은 아니었다.

그저 대전차 미사일이 명중하지 않기만을 바랄 수밖에 없었다.

하지만 그건 한마디로 요행수를 바라는 것일 뿐, IS가 사용하고 있는 대전차 미사일은 명중률이 높기로 유명한 메티스 M1이었다.

자신 있게 출정하였는데 적에게 밀리자 프랑스나 영국군 지휘관들의 표정은 무척이나 좋지 못했다.

쾅! 쾅! 쾅!

그러던 차에 갑작스럽게 IS 군 진영에서 폭발음이 들리자 프랑스나 영국군 지휘관들은 놀란 눈으로 폭발의 진원지로 시선을 주었다.

시선을 돌린 그들의 눈에 들어온 것은 처참하게 폭발해 차체와 포탑이 분리되어 불타고 있는 T—72 전차의 잔해들이었다.

오래전부터 T—72 전차의 악명은 유명했다.

전차포가 명중되었을 때 차체 안에 보관되어 있는 포탄이 유폭하면서 차체와 포탑이 분리되는 현상은 T—72의 설계상 하자였다.

가볍고 기동성 좋으며 화력도 좋다. 특히 가볍기 때문에 사막 지형이 많은 중동에 아주 적합하며, 또 체고가 낮아 피탄 면적 또한 적어 중동의 많은 나라에서 T—72 전차를 운용하고 있었다.

그러다 보니 세계의 화약고인 중동에서 T—72 전차는 많은 전투 경험을 쌓을 수 있었다.

뿐만 아니라 포탑 사출이라는 전차로서는 불명예와 같은

상황도 많이 보고되곤 했다.

아무튼 그런 포탑 사출이 양국 지휘관들 눈에 들어왔다.

'누가?'

프랑스와 영국의 지휘관들이 누가 IS를 공격했을까 하는 의문을 품고 있을 때, 이들의 무전기에 무전이 날아왔다.

—몽블랑, 여기는 살쾡이.

"여기는 몽블랑. 살쾡이, 말하라."

한국군에게서 날아온 무전이었다.

—우리가 IS의 뒤를 치겠다. 우리가 공격을 시작하면 바로 치고 올라가기 바란다.

리철명 부사장의 명령에 킹 파하드 빈 앰딜 아지즈 로드를 타고 북상하던 KM—2 부대는 밀리고 있는 프랑스 군이 보이자 IS의 기갑 부대 뒤로 돌아가 기습적인 공격을 가했다.

방금 무전으로 조금 전 폭발한 IS의 T—72 전차가 쿠웨이트 남부를 막고 있던 IS 군을 뚫고 북상하던 한국군 때문이라는 것을 깨달은 프랑스 지휘관은 너무 놀라 대답을 하지 못했다.

흐흐흐흐!

쿠웨이트 상공에 여자의 호곡성이 울려 퍼졌다.

안 그래도 멀리서 울리는 폭탄의 폭발음에 두려운 마음이 드는데, 알 수 없는 흐느낌 소리마저 더해지자 완전히 공포에 휩싸였다.

사람들은 걸어 잠근 문을 다시 한 번 점검하고, 두꺼운 커튼을 치고, 또 밖에서 누가 들어오지 못하게 가구들을 입구로 가져다가 문을 막았다.

며칠째 쿠웨이트를 점거하고 있는 IS도 무섭지만, 지금 들려오는 여자의 울음소리가 더 두려웠기 때문이다.

밝은 대낮에 울려 퍼지는 여자의 울음소리는 아무리 장정이라 해도 두려움을 느끼게 하기에 조금도 부족하지 않았다.

게다가 그런 울음소리에 이어 폭발하는 소리까지 들리니, 어느 누가 두려워하지 않을 수가 있겠는가.

그 때문인지 현재 쿠웨이트 시내에는 사람 그림자가 일체 보이지 않았다.

보이는 것은 총과 휴대용 미사일로 무장을 한 병력들뿐이었다.

"ㅎㅎㅎㅎ!"

XH—1, 밴시 원의 조종사인 김효원 상사는 뭐가 그리 즐거운지 입가에 미소를 머금었다.

"전투 중에 뭐가 그리 좋아 웃고 있습니까?"

부조종사인 박인효 중사가 묻자 김효원은 별거 아니란 듯이 대답을 하였다.

"넌 좋지 않냐?"

뜬금없는 말에 박인효 중사는 고개를 갸웃거렸다.

김효원 상사는 다시 한 번 입가에 미소를 머금고 말을 하였다.

"내 애기가 대한민국 최초로 킬 마크를 수집하는데 즐겁지 않냐?"

김효원 상사는 자신의 애기인 밴시 원이 IS의 전차들을 잡는 것이 즐거운지 그렇게 대답하였다.

그 말에 박인효 중사도 고개를 끄덕일 수밖에 없었다.

대한민국 군인들 중 자신의 기체에 킬 마크를 달고 있는 사람은 아무도 없었다.

그건 대한민국이 UN 평화 유지군을 제외한 해외파병이 없어 적과의 교전으로 기체에 킬 마크를 달 일이 없기 때문이었다.

킬 마크란 적의 전차나 전투기 등을 격추 또는 파괴했을 때 기체에 그리는 마크, 즉 적을 죽인 것을 나타내는 문양이다.

원래 XH—1은 실전에 내보일 계획이 없는 시험 기체였다.

하지만 실제 전투 상황에서 어떤 성능을 보일지 궁금해진 천하 디펜스 연구진들의 요청과 쿠웨이트 해방 작전에 참여하는 해군 제1기동 전단의 전투력이 부족한 것을 우려하던 국방부의 생각이 맞아 실전에 투입하게 된 것이다.

그런데 그저 화력 보조 역할을 할 것이라 생각했던 XH—1의 성능이 예상보다 더 좋았다.

XH—1이 내장하고 있는 무기들은 러시아의 괴물 공격 헬기인 Mi—24 하인드에 버금갈 정도로 엄청났는데, 다만 아직 시험 기체이다 보니 모든 무장을 하지는 못했다. 히드라 90 로켓 포트 두 기(24X2)와 게이볼그 A 여덟 기, 30㎜ 코일건(3,000발)만을 무장한 상태였다.

만약 XH—1이 군에 정식으로 취역하게 되었다면 무장은 그 이상으로 늘어났을 것이다.

그 이유는 XH—1의 최대 이륙 중량은 15톤에 이를 정도로 엄청나기 때문이었다.

아무튼 50㎜ 로켓 48기와 다목적 중거리 미사일 여덟 기, 그리고 공중에서 지상으로 쏟아지는 30㎜ 코일건이 무엇보다 무서운 무기였다.

지상의 왕자라 불리는 전차도 상판의 두께는 겨우 30~50㎜ 사이였다.

30㎜ 코일건의 장갑 관통력은 500㎜에 달할 정도로 강력한 데 비해, 전차의 상판 중 가장 두꺼운 부분도 50㎜를 넘지 못했다.

그러니 당연히 방어를 하지 못하고 뚫려 버리는 것이었다.

그리고 30㎜ 코일건의 공격을 받아 상판이 뚫리면 차체 안에 있던 승무원은 물론이고, 안에 있던 포탄까지 유폭하게 되는 것이다.

결국 김효원 상사가 조종하는 XH—1은 쿠웨이트 해방 작전에 투입되어 IS의 기갑 부대를 상대로 막대한 전과를 올렸다.

T—72 전차는 물론이고, BMP도 상당하여 킬 마크를 그리려면 아마도 1/5으로 그리든가, 아니면 1/10로 그려야 할 정도로 많이 잡았다.

전과에 기뻐하는 상급자의 말에 박인효 중사도 덩달아 웃었다.

그런데 XH—1의 수송 인원 탑승 공간에 있던 스파르탄과 리퍼들도 이야기를 들었는지 각자 뭔가를 고민하기 시작하였다.

조금 전 김효원 상사가 킬 마크를 수집한다는 대목.

사실 스파르탄과 리퍼들은 쿠웨이트 왕족들을 데리고 쿠웨이트 시를 빠져나오는 과정에서 IS의 전차와 BMP를 상당수 파괴하였다.

당시에는 전차나 BMP를 잡아도 아무런 생각이 없었는데, 조금 전 김효원 상사가 하는 이야기를 듣자 뭔가 새로운 생각이 떠오른 것이다.

이들이 이렇게 뭔가를 고민하고 있을 때, 박인효 중사는 뒤에 있는 스파르탄과 리퍼에게 소리쳤다.

"5분 뒤, 쿠웨이트 왕궁 상공에 도착합니다!"

한창 쿠웨이트 해방 작전에 참여하여 IS의 전차와 BMP를 사냥하던 XH—1 두 기는 어느 시점부터 사냥을 멈추고 쿠웨이트 시내로 들어왔다. 시가전을 하던 스파르탄과 리퍼를 태우고 쿠웨이트 왕궁을 탈환하라는 새로운 명령을 하달받은 것이다.

사실 XH—1이 하던 것은 전투라기보다는 사냥 또는 일방적인 학살이나 마찬가지였다.

보이지 않는 곳에서 일방적으로 공격을 가하는데, 그것이 어찌 학살이 아니겠는가.

어쩌면 김효원 상사나 밴시 투에 타고 있던 이들에게는 슈팅 게임을 하는 것과 별반 다르지 않을 수도 있었다.

아무튼 새로운 임무를 받아 스파르탄과 리퍼를 싣고 쿠웨이트 왕궁으로 날아가는 XH―1이었다.

◈   ◈   ◈

"어떻게 되고 있는 거야?"

아부살만은 점점 가까워지는 폭발음에 인상을 구기며 말을 하였다.

"잠시 알아보고 오겠습니다."

부관은 급하게 밖으로 나와 통신실로 향했다.

쿠웨이트 시에 주둔하고 있는 부대에 무전하여 상황을 알아보기 위해서다.

그런데 막 통신실로 들어가려는 부관의 앞으로 급하게 뛰어오는 병사가 있었다.

"충성!"

"충성! 무슨 일인가?"

"남부 2여단의 방어선이 무너졌다고 합니다."

난데없는 소식이 정신이 없을 때, 또 다른 한 명이 통신실에서 나왔다.

"충성!"

"넌 또 무슨 일이야?"

"예, 서부 방어선이 무너졌다고 합니다."

"뭐야! 어떻게 이렇게 단시간에 서부와 남부 방어선이 무너질 수가 있어!"

부관은 보고를 듣고 어이가 없는 나머지 소리를 질렀다.

하지만 통신실에서 무전만 받는 병사들로서는 어떻게 전선이 무너졌는지 알 수 없는 노릇이었다. 그러니 그저 꿀 먹은 벙어리처럼 조용히 서 있을 뿐.

"알았다. 새로운 소식이 있으면 바로 보고를 하도록!"

"알겠습니다. 충성!"

덜컹!

병사들이 보고를 마치고 통신실로 들어가자 부관은 빠른 걸음으로 다시 아부살만의 사령관실로 들어갔다.

똑! 똑! 똑!

"들어가겠습니다."

부관은 노크를 하고 문을 열고 사령관실 안으로 들어갔다.

"그래, 알아보았나?"

"예. 그것이… 서부와 남부의 방어선이 무너졌다고 합니다."

"뭐야! 어떻게?"

아부살만은 부관의 보고에 깜짝 놀라 물었다.

하지만 그 물음은 부관에게 답을 찾고자 하는 질문이 아니었다.

그저 자신도 모르게 튀어 나온 말이었을 뿐이다.

현재 그가 파악하기로는 동맹군에도 자신을 토벌할 만한 여유 병력이 없었다.

동맹군은 현재 자신들이 펼친 정보전에서 패해 바쿠바에 모든 병력이 집중되어 있었다.

그렇기 때문에 동맹군이 사용할 수 있는 전력이라고는 얼마 되지 않는 사우디 주둔 미 해병대뿐이란 것을 파악하고 있었는데, 어떻게 서부와 남부에 펼쳐 놓은 방어선을 뚫을 수가 있다는 것인지 도저히 믿을 수가 없었다.

그 때문에 아부살만은 잠시 공황 상태가 되어 어떤 생각도 나지 않았다.

"사령관님!"

부관은 아부살만이 잠시 상태가 이상하다는 것을 포착하고 그를 불렀다.

"응, 지휘관들을 불러라!"

정신을 차린 아부살만은 급히 남은 지휘관들을 소집하였다.

서부와 남부를 지휘하는 지휘관들을 제외한 이들이 모두 모였다.

사실 쿠웨이트 왕궁에 남아 있는 지휘관들은 아부살만의 직속 부하들로서 그의 기갑 군단 내에서도 최정예들이었다.

아부살만의 직속부대는 러시아제 T—72의 개량형 전차를 운용하는 다른 부대와 달리 모두 미국제 M1 전차를 운용하고 있었다.

이들이 적국이라 할 수 있는 미국의 전차를 운용하는 것에 다른 이유가 있는 것이 아니었다.

그저 미국이 이라크에서 철수하면서 이라크 수비대에게 넘겨준 M1 전차를 IS가 탈취하여 운용하는 것뿐이다.

비록 M1 전차가 구형이기는 하지만, 장갑 방어력은 개량형인 M1A1이나 A2, A3와 같은 차체 장갑을 사용하기에 화력만 개량형에 조금 못 미칠 뿐이었다.

그리고 IS는 부족한 화력을 T—72 전차에 적용했듯이 미사일 런처를 부착하면서 해결하였다.

◈　　　◈　　　◈

아부살만은 휘하 지휘관들을 모아 회의를 진행했다.

처음 그는 2,000대에 이르는 전차와 BMP를 서부와 남부 일대에 포진하여 방어선을 구축하였다.

하지만 동맹국의 군대에 의해 방어선이 뚫리고 급기야 아군은 쿠웨이트 시내로 후퇴를 하고 있었다.

그 때문에 현재 쿠웨이트 시에 고립된 상황.

아직까지도 적군의 전력은 파악되지 않았는데, 속수무책으로 밀려난 점으로 미루어 보아 결코 만만한 전력은 아닐 거라 예상되었다.

"어떻게 하는 것이 좋겠나?"

아부살만이 모여 있는 지휘관들에게 물었다.

지상군으로만 구성된 탓에 고립 상황을 벗어나기 위해 뭘 어떻게 해야 할지 감이 잡히지 않는 탓이었다.

하지만 지휘관들은 그저 눈치만 살필 뿐이었다.

그나마 이 자리에 있는 이들은 외국의 사관학교에서 정규

군사교육을 받은 터였다.

하지만 이론으로 배운 것과 현장에서의 상황이 너무도 다르기에 감히 어떤 의견도 내놓지 못했다.

원래 기갑은 단일 병종으로 막강한 화력을 발휘할 수 있는 병과이기는 하지만, 현대전에서는 아무리 강력한 병과라 해도 단일 병과로는 작전을 수행하기 어려웠다.

여러 병과가 복합적으로 구성되어 서로 시너지 효과를 내는 것이 현대전에서 가장 효과적인 방법이었다.

하지만 IS 지휘부의 구상은 그런 점을 철저히 무시했다.

그저 아부살만의 기갑 부대를 이용해 속전속결로 쿠웨이트 국왕과 왕족들을 확보하는 것이 계획의 전부였다.

그렇게 쿠웨이트를 점령하고 여세를 몰아 이라크 남부에서 치고 올라간다면 고립된 동맹군은 사우디로 후퇴할 것이라 예상했다.

실패라고는 전혀 고려도 하지 않은, 장밋빛 미래만은 꿈꾼 것이다.

초반에는 모든 것이 계획대로 이루어질 듯했다. 하지만 아부살만의 기갑 부대가 쿠웨이트를 점령하는 것은 성공하였지만, 쿠웨이트 국왕과 왕족들을 확보하지 못했다.

결과적으로 괜히 긁어 부스럼을 일으킨 것이나 마찬가지

인 상황이 되어버린 것이다.

만약 그때, 아부살만이 자신의 실수를 인정하고 IS 지휘부에 보고했다면 상황이 달라졌을지도 모를 일이었지만, 현실은 그러지 못했다.

아부살만은 자신의 실수를 인정하지 않고 오마르에게 사드 국왕과 왕족들을 잡아오라는 명령을 내렸다.

하지만 그것은 적의 전력을 오판한 아부살만의 두 번째 실수였다.

오마르는 500대의 전차와 200대의 BMP를 끌고 나가 전멸하고 말았다.

오마르의 부대가 전멸했을 때라도 연락을 했다면 최악의 상황이 오지는 않았을 것이다. 하지만 자존심 강한 아부살만은 그것을 용납하지 못했다.

그리고 지금, 아부살만의 오만이 가져온 결과가 현재 고립된 상황으로 나타난 것이다.

그 때문에 지휘관들이 그 어떤 말도 하지 않았다.

예전 전장을 뒤흔들던 명석한 판단력은 어디 가고, 고집과 아집만 남은 아부살만의 모습에서 자신들의 암울한 미래를 예측한 것이다.

그렇게 아무런 말도 하지 않고 서로 눈치만 보고 있을

때, 왕궁이 무너지기라도 할 듯 크게 뒤흔들렸다.

쿵!

"뭐, 뭐야!"

"무슨 일이야!"

회의를 하던 아부살만과 지휘관들은 커다란 폭발음에 깜짝 놀라 소리쳤다.

쾅! 쾅! 투두두두!

쿠웨이트 왕궁 주변에 포진해 있던 IS 군의 전차들은 어디에서 날아오는지 모를 로켓 공격에 속수무책으로 당하고 있었다.

213대의 M1 전차로 구성된 아부살만의 직속부대 전차들은 정말로 보이지 않는 적에게 공격을 받고 있었다.

"정신 차리고 적을 찾아라!"

그나마 지휘관급 장교가 고함을 쳐 상황을 수습하려 했다.

덕분에 몇몇 병사들이 정신을 차렸는지 주변을 둘러보며 적의 위치를 찾아보지만, 그 어느 곳에도 적의 모습은 보이지 않았다.

한편, 자신들을 찾는 IS 군의 모습을 공중에서 쳐다보던 김효원 상사는 차가운 미소를 지으며 중얼거렸다.

"이야, 저거 M1 아냐?"

"그러게 말입니다. 미국이 이라크에 주고 간 것을 IS에서 탈취했다는 소문이 있던데, 정말이었나 봅니다."

"뭐, 상관있나? M1이라고 우리 애기의 공격을 막을 수는 없을 테니……."

"그러게요. 이거, M1을 잡은 최초의 외국 군대가 되겠습니다."

"그래? 에이, IS와 동맹이 얼마나 오래 기간 전쟁을 벌였는데, 설마 지금까지 한 대도 없었겠어?"

"뭐, 그렇긴 하겠지만, 아직 공식적으로 보고된 것은 없지 않습니까?"

"에이, 모르겠다."

쿠웨이트 왕궁 앞에 포진한 IS의 M1 전차들을 공격하던 김효원 상사와 박인효 중사는 마치 장난이라도 치는 양 대화하고 있었다.

그러면서도 그들의 손은 로켓과 30㎜ 코일건의 발사 버튼을 계속해서 눌러 댔다.

—치직! 밴시 원, 여기는 스파르탄.

두 사람이 지상에 있는 IS의 전차들을 사냥하고 있는데, 갑자기 무전이 날아왔다.

"여기는 밴시 원. 말하라, 스파르탄."

—지금부터 쿠웨이트 왕궁으로 진입하겠다. 엄호를 부탁한다.

지상에 내려준 스파르탄으로부터 날아온 무전이었다.

"알겠다, 스파르탄. 지금부터 엄호를 할 테니, 열을 세고 진입을 시도하기 바란다. 하나!"

투드드득! 투드드득!

스파르탄과 교신을 마친 김원효 상사는 카운트를 세며 스파르탄이 있는 건물에서부터 벽을 세우듯 공격을 시작하였다.

30㎜ 코일건이 발사되는 길목에는 XH—1의 무시무시한 공격을 피하기 위해 고개를 숙이는 IS 군의 모습이 보였다.

무시무시한 XH—1의 공격을 피해 건물 뒤나 높은 담 뒤로 몸을 숨기는 IS의 병사들의 모습이 보였지만, 500㎜ 철판도 뚫어 버리는 XH—1의 30㎜ 코일건을 피할 수는 없었다.

전차든 건물이든 30㎜ 코일건의 총알이 지나간 곳에는 커다란 구멍과 인간의 것이라 짐작되는 살점과 핏자국만이 남아 있을 뿐이었다.

XH—1이 엄호를 시작하자 중무장한 스파르탄들이 방패를 앞세우고 빠르게 쿠웨이트 왕궁 입구로 뛰어갔다.

육중한 덩치를 가진 스파르탄이지만 무척이나 신속한 움직임이었다.

두 명의 스파르탄은 IS 군이 왕궁 안으로 들어오지 못하게 남아서 입구를 지켰다.

그리고 남은 여덟 명은 신속하게 왕궁 안으로 들어가 내부를 살폈다.

그들은 쿠웨이트 해방 작전의 종료를 위해 IS 군 지휘부를 붙잡는 임무를 부여 받았다.

비록 여덟 명의 적은 인원이지만 결코 무시할 수 없는 전력이 바로 스파르탄이었다.

적 지휘부를 찾기 위해 수색하는 스파르탄에게 자비란 없었다.

작전에 들어가기 전, 리철명 부사장은 이들에게 반항하는 이들에게 본보기를 보여주라고 하였다.

어차피 테러리스트들에 불과한 IS 군을 일반 전쟁 포로와 동급으로 취급할 이유가 없기 때문이었다.

항복하지 않는 테러리스트는 바로 사살하는 것이 국제적인 관례였기에 군이 포로를 잡을 이유가 없었다.

사실 전쟁에서 포로를 잡는 행위는 전쟁이 끝난 뒤 협상을 통해 이득을 보기 위한 행위다.

하지만 테러 조직과의 전투는 그런 일반적인 전쟁과 양상이 다를 수밖에 없었다.

9.
지킴이의 새로운 계약

위잉! 윙윙윙윙!

쿠웨이트 왕궁이 보이는 동쪽 해안 쪽에서 헬리콥터 세 대가 날아오고 있었다.

삼각형을 형성한 채 비행을 하던 중 뒤쪽에 있던 헬리콥터가 천천히 쿠웨이트 왕궁 착륙장으로 내려섰다.

윙윙윙윙!

헬리콥터가 무사히 착륙하자 방패를 든 스파르탄이 나타나 문을 열었다.

외부에서 혹시나 있을지 모를 저격에 대비해 헬리콥터에서 내리는 사람을 보호하려는 행동이었다.

헬리콥터에서 내린 인물은 쿠웨이트의 국왕인 사드 압둘 아살람 아살바와 총리인 사리드 압둘 아살바였다.

두 사람이 IS로부터 탈환한 왕궁에 다시 입궁하는 것이었다.

그들은 지킴이 PMC에 쿠웨이트를 침공한 IS로부터 나라를 되찾아 달라는 의뢰를 하였다.

그리고 지금 그 의뢰가 마무리되었다.

사실 사드 국왕이나 사리드 왕자는 지킴이 PMC에 의뢰할 당시만 해도 자신들의 의뢰가 성공할지 반신반의(半信半疑)했다.

왕궁을 빠져나올 때 지킴이 PMC의 능력을 보기는 하였지만, 그래도 쿠웨이트를 침공한 IS의 전력을 누구보다 잘 알고 있는 두 사람이었기에 솔직히 왕궁을 되찾는 일은 결코 쉽지 않을 것이라 예상했다.

하지만 그런 걱정이 무색할 만큼 일은 순조롭게 진행되었다.

미국을 비롯한 동맹국들이 쿠웨이트 해방 작전을 시작한 지 채 여섯 시간도 되지 않은 짧은 시간에 막강한 IS의 기갑 군단을 물리치고 왕궁을 탈환한 것이다.

물론 IS의 기갑 군단은 강력하지만, 상대가 워낙 좋지 못했다.

첨단 장비로 무장한 지킴이 PMC와 XH—1이라는 스텔스 공격 헬기의 공격을 T—72 전차가 주력인 IS의 기갑 부대가 막기에는 역부족이었다.

아무리 백수의 왕이라 불리는 사자 무리라 해도 늙고 병든 상태에선 젊고 강력한 이빨과 발톱을 가진 표범과 독수리를 이길 수는 없는 노릇이었다.

지상의 왕자라 불리는 T—72 전차라지만, 문제는 너무도 구형이라는 점.

아무리 개량을 해도 유물에 가까운 T—72로서는 한계가 있었다.

아무튼 사드 국왕과 사리드 왕자는 다시 왕궁에 발을 딛게 되자 눈앞이 뿌옇게 흐려졌다.

비록 며칠에 불과하지만 감회가 새로웠기 때문이다.

적을 피해 피난을 떠나야 했던 것이 엊그제 같았는데, 다시 자신의 왕궁을 찾아오게 되니 너무도 감정이 북받쳤다.

"들어가시지요."

잠시 입구에 멈춰 서서 왕궁을 쳐다보는 사드 국왕의 뒤에서 사리드 왕자가 작게 말을 걸었다.

"그래, 들어가자."

곧 정신을 차린 사드 국왕은 담담하게 대답을 하고는 왕궁 안으로 들어갔다.

사드 국왕과 사리드 왕자가 왕궁 안으로 들어가자 먼저 왕궁에 도착한 하인들이 부서지고 지저분해진 왕궁 내부를 정리하는 것이 보였다.

많이 파손된 것은 아니지만, 왕궁 안에서도 전투가 벌어졌는지 벽 여기저기에 총탄 자국이 보였고, 또 어떤 곳은 벽에 커다란 구멍이 뚫린 곳도 있었다.

"왕궁이 예전의 모습을 찾기 위해선 시간이 좀 걸리겠습니다."

"그렇겠지?"

사드 국왕과 사리드 왕자는 그렇게 왕궁에 남아 있는 전투의 흔적을 지나쳐 집무실로 들어갔다.

국왕 집무실은 그래도 전투가 벌어지지 않았는지 깨끗한 모습을 하고 있었다.

작전을 성공적으로 끝마친 동맹국 지휘관들은 쿠웨이트의 국왕 사드 압둘 아살람 아살바가 주최한 파티에 초대 받

았다.

일부 지휘관들은 왕궁에서 치르는 파티에 참석해 본 경험이 있지만, 거의 대부분은 경험이 없어 화려한 파티에 눈이 휘둥그레져 있었다.

사실 동맹국 지휘관들이 가장 놀란 점은 지금껏 무시해오던 한국군의 엄청난 전력이었다.

2천 명의 지상군과 해군 전단, 그리고 민간 군사 기업 7천여 명이 참전을 표명했을 때만 해도 그들이 보유한 장비를 보며 무시를 했다.

아니, 혹시라도 자신들의 작전에 발목이나 잡지 않을지 걱정했다.

사실 시간적 여유만 더 있었다면 더 많은 나라와 군대를 확보하여 안전하게 전투를 벌였을 것이라는 다소 안이한 생각을 했다.

그런데 막상 뚜껑을 열고 보니 전력이 부족한 것은 오히려 영국과 프랑스 측이었다.

발목이나 잡지 않으면 다행이라고 생각했던 한국군은 밀리는 서남부 전선의 판세를 뒤집으며 후퇴하던 아군을 구출하였다.

아니, 구출하는 정도가 아니라 혼돈으로 치닫던 작전을

성공으로 이끌었다.

뿐만 아니라 그들의 소수 정예 병력이 쿠웨이트를 침공한
IS의 기갑 부대의 사령관이었던 아부살만과 그의 친위대를
모두 붙잡았다.

일부는 체포 과정에서 대항하다 사살되었는데, 얼마나 혹
독하게 다뤘는지 그 형체를 알아볼 수 없을 정도로 시체가
훼손되어 눈살을 찌푸릴 정도였다.

하지만 그런 감정도 잠시. 무엇에 놀랐는지 IS의 테러범
들이 너무도 고분고분하게 한국군의 통제를 따르고 있어 뒤
늦게 합류한 동맹군 지휘부는 놀랄 수밖에 없었다.

아무튼 이런저런 이유로 동맹국 지휘관들은 한쪽에 떨어
져 이야기하고 있는 한국군과 PMC 지휘부를 곁눈질로 살
펴보았다.

특히, 미국의 파티 참석자들의 눈빛은 뭔가 심상치 않았
다.

미국 백악관.
"이 보고가 사실인가?"

슈왈츠 대통령은 보고서를 읽다 너무 놀라 눈을 크게 뜨고 벤자민 콜튼 국방 장관에게 물었다.

벤자민 콜튼 국방 장관은 표정의 변화 없이 담담하게 대답하였다.

"그렇습니다. 보고서에 나와 있는 내용 중 거짓은 하나도 없습니다."

"이게 사실이라면 참으로 놀랄 만한 일이군……."

존 슈왈츠 대통령이 중얼거렸다.

"놀라는 정도가 아니라 무척이나 심각한 내용입니다."

벤자민 콜튼 국방 장관의 표정은 심각했다.

한국군의 전력이 자신이 알던 것 이상이라는 것에 적지 않은 불안감을 느낀 것이다.

하지만 그런 콜튼 국방 장관의 반응과 다르게 슈왈츠 대통령은 다른 생각에 빠져 있었다.

생각보다 강력한 한국의 전력을 써먹을 곳이 없는지를 고민하는 것이었다.

뭔가 궁리를 하는 대통령의 모습에 콜튼 국방 장관은 조용히 물러났다.

한 번 생각에 잠기면 정리가 될 때까지 하염없이 시간을 보내는 슈왈츠 대통령의 기행을 잘 알기 때문이었다.

벤자민 콜튼 국방 장관이 물러나고 얼마 지나지 않아 제이슨 본 국무 장관이 집무실로 들어왔다. 그는 자신이 들어왔는데도 생각에 잠겨 있는 대통령의 모습에 노크를 하여 신호를 보냈다.

똑! 똑! 똑!

"으흠, 내가 또 정신을 놓고 있었군. 어서 오게."

"무슨 일인데 그렇게 사람이 들어와도 모를 만큼 생각에 빠져 계신 것입니까?"

제이슨 본 국무 장관이 가벼운 농담을 던지듯 물었다.

슈왈츠 대통령은 자신이 고민하던 것을 그에게 들려주었다.

"이것 좀 보게. 이번에 쿠웨이트에서 벌어진 작전 보고서일세."

대통령이 넘겨준 군의 보고서를 읽던 제이슨 본 국무 장관의 표정이 시시각각 변했다.

마침내 보고서를 다 읽은 제이슨 본 국무 장관이 입을 열었다.

"우리도 이자들을 고용한다면, 보다 적은 예산으로 IS를 상대할 수 있겠군요."

제이슨 본 국무 장관은 쿠웨이트가 한국의 PMC와 계약한 것과 그들의 활약에 대하여 읽고는 그렇게 중얼거렸다.

국무 장관의 직위에서 예산에 관한 계획을 짜다 보니 그런 생각을 하게 된 것이다.

현재 미국은 IS와 전쟁을 벌이면서 천문학적인 예산을 소비하고 있었다.

더욱이 그만큼 예산을 집행하면서도 어떤 이득도 얻지 못하고 있는 것이 현실이었다.

그동안 미국은 경찰국을 자처하며 세계 각국의 분쟁에 개입하였다.

하지만 그 이면에는 모두 자국의 이득이 들어가 있었다.

이라크의 쿠웨이트 침공 때가 그랬고, 아프가니스탄 내전이나 아프리카 각국의 내전 등에도 공식적이든 비공식적이든 미국이 개입했다.

그 모든 것에 미국의 이익이 걸려 있기에 관여한 것이었다.

그렇지만 유일하게 미국이 개입하여 오히려 손해를 보는 전쟁이 있었다.

그것은 바로 IS(이슬람 국가)와의 전쟁이었다.

이슬람 국가(Islamic State)를 천명한 수니파 과격 무장 단체인 ISIL(이슬람국가 이라크 & 레반트)와 전쟁을 선포하고 10년이 넘는 기간 동안 미국은 엄청난 예산을 쏟아부었다.

그러면서 아프리카와 중동에서의 테러 조직을 척결하기 위해 전쟁을 벌였다.

아무리 커다란 테러 조직이라 해도 세계 최강 미국이 전면전을 선포하면 두려워 자취를 감출 것이라 예상한 것과 다르게 IS는 10년이 넘도록 끈질기게 전쟁을 벌여 나가고 있었다.

IS는 꾸준히 전투병을 양성하며 미국을 괴롭혔다.

비단 미국만의 문제는 아니었다.

전쟁 초기 미국과 동맹을 맺고 IS와 전쟁을 벌인 많은 나라들이 예산을 소모하다 보니 경제 불황에서 헤어 나오지 못하는 처지에 빠지고 말았다.

물론 미국도 비슷한 상황인 것은 매한가지였다.

그런 이유로 미국의 행정 전반을 기획하는 국무부의 수장으로서 제이슨 본 국무 장관은 보다 효율적인 예산 집행을 고민하지 않을 수 없었다.

방금 전, 국방 보고서의 내용을 보며 그런 말이 나오는 것도 당연한 일이었다.

"자네 말은 지지부진한 전쟁에 들어가는 예산을 줄이기

GREAT
그레이트 코리아
KOREA

위해선 우리도 이들과 계약을 해야 한다는 말인가?"

"그렇습니다. 이들이 쿠웨이트 왕실과 어떤 조건으로 계약했는지는 모르겠지만, 현재 IS와의 전쟁에 들어가는 예산보다 많지는 않을 것이라 생각됩니다."

제이슨 본 국무 장관은 대통령의 물음에 자신의 생각을 말하였다.

슈왈츠 대통령 또한 IS와 전쟁에 들어가는 예산을 생각해 보았다.

미국이 IS와 전쟁을 치르면서 들어간 예산은 10조 달러를 넘어선 지 오래였다.

만약 그 예산의 절반만 경제에 투자했더라도 미국 경제가 이렇게 불황에 허덕이지는 않았을 것이다.

또한 미국의 경제학자들은 경고하고 있었다. 앞으로도 얼마나 많은 예산이 IS와의 전쟁에 투입될지 모르는 상태에서 더 이상 전쟁을 치렀다가는 1929년에 겪었던 대공황과 같은 사태가 또다시 찾아올 수 있다고 말이다.

그런데 아이러니하게도 현재 미국이 경제공황을 겪지 않는 이면에는 IS와 전쟁으로 인해 발생하는 군수 제조 업체들의 호황 덕분이기도 했다.

제이슨 본 국무 장관의 말에 깊이 생각을 하던 슈왈츠 대통령은 무언가를 결심한 듯 지시를 내렸다.

"자네는 지금 즉시 한국으로 가 그들에게 의뢰를 하게."

"예?"

제이슨 본 국무 장관은 슈왈츠 대통령의 갑작스런 지시에 깜짝 놀라 물었다.

슈왈츠 대통령은 다시 한 번 말을 하였다.

"자네가 방금 그러지 않았나. 저들을 고용한다면 보다 적은 예산으로 전쟁을 수행할 수 있다고 말이야."

"예. 그렇게 말을 하기는 했지만, 국방부에서 가만히 있을까요?"

제이슨 본은 자신이 이야기하기는 했지만 국방부에서 과연 받아들일지 장담할 수 없었다.

아니, 국방부는 예산을 핑계로 설득한다고 쳐도 일선 군장성들이 받아들일지에 대해서는 회의적이었다.

제이슨 본 국무 장관이 비록 웨스트포인트 출신은 아니지만, 군인들의 자존심에 관해선 누구보다 잘 알고 있었다.

그 또한 해군에 복무를 한 경험이 있기에.

군인들의 높은 자존심은 때로는 판단력을 흐릴 때가 있었다.

그로 인해 엄청난 결과가 닥친다고 해도 말이다.

"그들이 반발한다 해도 어쩔 수 없어. 벌써 그놈들과 전쟁을 벌인 지가 10년이야. 만약 내 임기 전에 끝나지 않는다면……. 국민들은 이젠 테러와의 전쟁에 지쳤어."

슈왈츠 대통령은 말을 하던 중 잠시 뭔가 생각을 정리하더니 결론을 내렸다.

더 이상 국민은 테러와의 전쟁이란 단어에 참지 않겠다고 말이다.

미국인들은 더 이상 전쟁을 원하지 않았다.

전쟁은 먼 나라의 일이고, 눈앞의 현실은 갈수록 줄어드는 일과 수입이었다.

오랜 경기 침체로 가계 수입은 줄고 지출은 늘어만 갔다.

꼭 필요한 곳에만 지출을 하여도 언제부터인가 가계는 적자를 벗어나지 못했다.

그 때문인지 저번 선거에서는 위험했다.

그나마 아직까진 테러와의 전쟁을 지지하는 사람들이 상대적으로 많기에 재선에 성공한 것이다.

하지만 경제 상황이 계속해서 이 상태로 흐른다면, 다음 대선에선 자신이 속한 당이 승리하리라 장담할 수 없었다.

다음 대선에서 승리를 하기 위해선 전쟁에 투입되는 예산을 줄이고 경제에 힘을 쏟아야 할 때였다.

그러니 방금 전 제이슨 본 국무 장관이 말했 듯이 전쟁에 소모되는 예산을 줄이면서 테러와의 전쟁에서도 승리해야만 한다.

두 마리 토끼를 잡기 위해선 새로운 돌파구가 필요했으며, 그 돌파구가 바로 한국의 PMC였다.

미국도 PMC는 많지만, 백악관이 요구하는 수준의 PMC는 없었다.

아무리 뛰어난 PMC라 해도 국방부 보고서에 나온 만큼의 실적을 올린 업체가 없기 때문이다.

정규군보다 강력하면서도 적은 예산으로 그 이상의 효과를 볼 수 있는 곳. 그곳이 바로 한국의 지킴이 PMC였다.

국방부 보고서는 그것을 지표(指標)로서 잘 나타내 주고 있었다.

"호, 이게 사실인가?"

수한은 평양 지킴이 PMC 본사에서 걸려온 전화를 받고 깜짝 놀랐다.

미국에서 국무 장관이 찾아와 의뢰를 요청한다는 보고를 받았기 때문이다.

미국은 누가 뭐라고 해도 세계 최강의 군사 대국이다.

그런데 그런 미국이 일개 PMC에 의뢰한다는 것이 쉽게 믿기지 않았다.

더욱이 미국에도 수많은 PMC들이 난립하고 있음을 잘 알고 있는 수한으로서는 쉽게 미국의 의도를 짐작할 수가 없었다.

'무엇 때문이지?'

문익병 사장의 이야기를 듣고 한참을 고민해 봤지만, 쉽사리 결론이 나오지 않았다.

아무리 수한이 9클래스의 깨달음을 넘어 10클래스에 접어드는 경지라고는 하지만, 전설에 나오는 관심법(觀心法)을 알고 있어 사람의 마음을 읽을 정도는 아니었다.

"무엇 때문에 미국이 의뢰하는 것이라고 합니까?"

수한은 문익병 사장에게 단도직입적으로 물었다.

문익병 사장은 제이슨 본 국무 장관이 자신에게 한 이야기를 그대로 들려주었다.

— 10년이 넘도록 계속되는 IS와의 전쟁으로 인해 들어가는 천문학적인 예산을 미국도 더 이상 감당할 수가 없어

그런다고 합니다.

문익병 사장의 이야기를 들은 수한의 눈이 커졌다.

"헐!"

수한은 너무 기가 막혀 어이없다는 탄성을 질렀다.

문익병 사장 또한 처음 제이슨 본 국무 장관의 의뢰를 받았을 때 비슷한 반응을 보였기에 수한의 반응에 담담할 수 있었다.

"알겠습니다. 미국의 의뢰를 받아들이기로 하지요. 참, 그러려면 직원을 좀 더 받아들여도 될 것 같은데, 그것은 문 사장님께서 청와대와 조율을 해주셔야 할 것 같네요."

지킴이 PMC의 활약 때문에 요즘 여러 나라에서 관심이 쏟아지면서 정부도 파악에 나섰다.

그런데 정부 관계자 중 몇몇이 지킴이 PMC의 전력이 자신들이 예상한 것보다 훨씬 더 엄청나다는 것을 알고는 우려의 목소리를 내기 시작한 것이다.

사실 그들이 우려하는 이유는 별거 없었다.

수한이 너무도 잘 나가기 때문이다.

국내 재계 서열 3위 안에 들어가는 천하 그룹 회장의 손자인데다, 100대 기업 안에 들어가는 기업을 가지고 있으며, 성장 가능성이 무궁무진해 조만간 50대 기업 안으로 진입할 것이라 예상되는 라이프 메디텍의 실질적 주인이라는 것까지 알려졌다.

수한을 질시하며 견제하려는 세력이 나타나는 것도 어찌 보면 당연한 일이었다.

〈『그레이트 코리아』 제12권에서 계속〉

GREAT 그레이트 코리아 KOREA

1판 1쇄 찍음 2015년 11월 4일
1판 1쇄 펴냄 2015년 11월 10일

지은이 | 정사부
펴낸이 | 정 필
펴낸곳 | 도서출판 **뿔미디어**

기획 · 편집 | 문정흠 · 제세림

출판등록 | 2002년 9월 11일 (제1081-1-132호)
주소 | 경기도 부천시 원미구 소향로 17번길(두성프라자) 303호 (우) 14544
전화 | 032)651-6513 / 팩스 032)651-6094
E-mail | bbulmedia@hanmail.net
홈페이지 | http://bbulmedia.com

값 8,000원

ISBN 979-11-315-6897-2 04810
ISBN 979-11-315-6125-6 04810 (세트)